마르셀 프루스트

Valentin Louis Georges Eugène Marcel Proust

1871년 파리 근교 오퇴유에서 파리 의과대학 교수 아드리
앙 프루스트와 부유한 유대인 증권업자의 딸 잔 베유 사이
에서 태어났다. 명문 콩도르세 학교에 진학하여 공부하다
가 열여덟 살이 되던 1889년 군에 지원하여 일 년간 복무
한다. 제대 후 아버지의 권유로 법과대학과 정치학교에 등
록하지만 학업보다는 글쓰기에 전념하여 《월간》에 브라방
이라는 필명으로 글을 기고한다. 이후 여러 문인과 교류하
며 극장, 오페라 좌, 살롱 등을 드나들고 유럽 각지를 여행
하며 그림을 감상한다. 1909년 『잃어버린 시간을 찾아서』
를 집필하며 오랜 칩거 생활이 시작된다. 이후 여러 출판사
를 찾아다니지만 출간을 거절당하고, 결국 그라세 출판사
에서 자비로 책을 낸다. 1919년 갈리마르에서 개정판을 출
간하고 『잃어버린 시간을 찾아서』 2편 「꽃핀 소녀들의 그
늘에서」로 공쿠르 상을 수상, 1920년에는 레지옹 도뇌르
훈장을 받는다. 1922년 기관지염이 악화되어 폐렴에 걸리
나 마지막까지 『잃어버린 시간을 찾아서』 원고를 다듬다 결
국 11월 18일, 쉰한 살의 나이로 사망한다. 『잃어버린 시간
을 찾아서』는 프루스트 사망 오 년 후인 1927년 완간된다.

프루스트
그래픽

LE PROUST
OGRAPHE

니콜라 라고뉴

프루스트 그래픽

LE PROUST OGRAPHE

이미지 작업

니콜라 보주앙

정재곤 옮김

민음사

프루스트 그래픽

티에리 라게*

인간의 재능은 측정할 수 없는 것을 측정하려 할 때 모든 한계를 뛰어넘는다. 인간은 카루소[1]의 목소리를 기억하고 보존하기 위해 축음기를, 빛과 움직임을 붙잡기 위해 영사기를, 지진의 위력을 기록하기 위해 지진계를, 또 바닷물의 높낮이를 알기 위해 검조기(檢潮器)를 만들어 냈다. 이런 기계들은 모두 자석과 바늘, 코일, 황동 나팔이며 손잡이를 가지고 있는데, 사용하지 않을 때는 접어서 니스 칠한 호두나무 상자 안에 넣어 둔다.

니콜라 라고뉴는 『잃어버린 시간을 찾아서』가 우주적 차원을 지녔고 인간의 조건을 뛰어넘는 북극의 오로라며 별똥별, 일식·월식 등에 비견되는 기적과도 같다고 여긴다. 그는 그 광대함으로 치자면 마땅히 컴퓨터그래픽이나 곡선, 도식 등을 활용한 일상적 층위들로 환원해야 한다고 여겨 프루스트그래픽을 창안해 냈다. 물론 이 같은 발명품은 에너지를 소모하지도 않고 온실가스를 내뿜지도 않는다. 거의 소리를 내지도 않으며, 웃음소리나 감탄사만 연발할 따름이다. 왜냐하면 그 부속품들이 재치로 가득한, 영어로 표현하자면 '유머'로 기름칠이 되어 있기 때문이다.

하지만 이 발명품은 정확성을 갖추고 있다. 이제껏 이토록 인간 공학적이고 감동적인 방식으로 한자리에 모인 적이 없었던 가장 신빙성 있는 정보들을 길어 내기 때문이다. 프루스트의 책이 얼마나 팔렸고, 어떤 외국어로 번역되어 있으며, 프루스트의 서재에는 어떤 책들이 꽂혀 있었고, 그가 어떤 나라들을 방문했는지, 또 그가 어떤 마약을 복용했고, 얼마나 많은 편지를 보냈는지, 얼마나 많은 인물에 생명력과 말하는 능력을 불어넣었는지, 그의 문체가 지닌 특수성은 어떤 것이었는지, 마들렌 과자에 얽힌 진짜 이야기는 무엇이고, 어느 해에 그가 핸들 바 수염을 길렀는지 등에 관한 독자들의 궁금증을 이 책 이전의 그 어떤 책이, 또 이토록 짧은 시간 안에 풀어 주었던가.

프루스트는 『프루스트그래픽』을 싫어하지 않았을까? 나로서는 그가 이 책을 놓고 나무랐을지 어떨지 모르겠다. 분명한 것은 이 발명품이 마치 제베와 두아용의 영화 「01년」[2]의 등장인물(그는 스탕달과 프루스트로부터 "유용한 생각들"을 추출해 내고는 "이런 것들"이 "쓰레기로 가득 차" 있다는 점을 애통해한다.)처럼 세부 사항들을 체계화하고 몰아낸다는 것이다. 프루스트는 스스로 정당화하기라도 하듯 오늘날 구호처럼 들리는 다음과 같은 문장을 외쳐 대길 주저하지 않는다. "나는 이 책이 나의 죽음 이후에도 [영향력을] 미치게 될 거라는 꿀벌의 예지력을 가지고 있다."

"내가 이런 말을 할 때면, 바로 내가 쓴 공쿠르 형제의 모작을 흉내 내는 듯한 생각이 든다. 즉 중국이나 일본에서는 어떤 탁자이건 간에 「꽃핀 소녀들의 그늘에서」가 놓여 있다거나 (……) 은행 창구 직원의 창구 위에 「꽃핀 소녀들의 그늘에서」가 놓여 있지 않은 경우는 찾아볼 수 없다는 따위 말이다. (……) 그렇다고 해서 내가 이런 사실로부터 행여 돈이라면 모를까, 자긍심을 이끌어 내지는 않을 것이다. 더 큰 성공을 거두기 위해 어떤 식으로든 양보를 해야 할 필요성도 느끼지 못하는 것이 사실이다. 이제 작품은 완성됐고, 그것도 거침없이 완성됐다. 내 소설이 좀 더 큰 성공, 그것도 즉각적인 성공을 거두리란 점에 대해서는 의심의 여지가 없고, 어떤 의미에서 보자면 유용해 보이기까지 한다."

프루스트는 이를테면 세르베르와 크리스토프[3]가 만든 『인간 희극』의 등장인물 사전에 비견되는 『잃어버린 시간을 찾아서』의 첫 등장인물 사전이 탄생하기를 부추기기까지 한다. 프루스트 소설의 등장인물 사전은 샤를 도데[4](알퐁스 도데의 손자다.)가 프루스트 사후 오 년째 되는 해에 발간했는데, 말하자면 『프루스트그래픽』의 조상 뻘이 된다.

니콜라 라고뉴는 그가 묘사하는 이 기적과도 같은 사실들에 대해 충실하면서도 과장이나 변형 또는 잡음 없이 전개해 나간다. 『프루스트그래픽』은 프루스트의 성(性)에 대한 부분이나, 그가 꼬챙이를 선호했다거나 쥐들에 관한 소문,[5] 원고를 첨삭하는 프루스트의 작업 방식, 그가 읽은 책들이며 여행, 낡은 외투, 어머니, 질병, 공쿠르상 수상, 죽음 등에 관해 — 저자가 빈번하게 참고하긴 하지만 — 이른바 프루스트 연구서들보다 논란의 소지가 적다고 할 수 있다.

『잃어버린 시간을 찾아서』는 대단히 복잡하고 충만한 세계를 이루고 있으므로 각 세대는 방향 감각을 잃지 않기 위해 자신만의 나침판을 만들어야 한다. 『프루스트그래픽』은 소설 전체를 조망하지는 못하지만, 작가가 기울인 노고에 걸맞게 독자들이 쏟아야 하는 노력을 가능케 하고, 우리가 걸작품을 접함으로써 이끌어 낼 수 있는 강렬한 기쁨을 평가하고, 또 이 대우주가 폭발하여 오늘날의 문학 세계(또는 그 너머로까지) 내에 퍼져 나가는 파장의 길이와 속도를 측정하게 해 준다. 그러니 이 책을 고안해 낸 이[6]는 다음번 만국박람회에서 금메달을 받아야 하고, 아르 에 메티에 박물관[7]에서 푸코의 진자와 라부아지에[8]의 가스계(計) 사이에 그를 위한 전시 공간이 마련되어야 한다.

* **Thierry Laget**(1959~).
프랑스 출신의 소설가이자 비평가. 지은 책으로 『지방(Provices)』, 『아이리스(Iris:roman)』가 있다. 클레르몽페랑 상, 공쿠르 단편 소설 상, 공쿠르 전기상을 수상했다.

1
바이오그래피

2
프루스트 머신

3
프루스트 이후의 프루스트

"나는 이제 모든 것에 대해 말을 할 테요."

— 데모크라테스

들어가며

니콜라 라고뉴

진열장 안에, 엄숙하면서도 마치 사해(死海)에서 발견된 원고마냥 신비롭고도 불가해한 종이 두루마리가 공중에 매달린 채 내 앞에 우뚝 서 있었다. 1999년 프랑스 국립도서관에서 '마르셀 프루스트와 예술'이란 제목으로 개최된 전시회에서 내가 기억하는 것이라곤 눈길을 끄는 바로 이 수직의 병풍 내지는 이 야릇한 아코디언 형태의 원고 뭉치였다. 작가가 행한 강제 노역의 흔적인 이 원고 뭉치는 그 존재만으로도 문학에 관한 모든 글이며, 심지어 죽음보다 더욱더 자신의 작품을 완성하려 했던 그의 집념과 헌신을 웅변한다. 다시금 작업에 매달리는 작가의 집요함과 고집스러움, 믿기 힘든 힘과 인내력 등 한마디로 '프루스트 예술의 비극적 측면'이 일순간 뚜렷하게 모습을 드러내고 있었다.

프루스트는 새장과도 같은 침대에 누운 채 철필로 집필했다. 그는 원고지의 한계에 부딪힐 때마다 가필을 하고 분량을 늘려 갔다. 사실상 '가필'이란 말은 점점 더 불어나는 소설의 분량을 표현하기에는 턱없이 부족한 말이다. 그는 패치워크⁹나 누비 이불을 만드는 기법과 유사한 이 방식을 표현하기 위해 '가필법'이란 아주 특별한 말을 만들어 냈다. 프루스트나 『잃어버린 시간을 찾아서』가 문제시될 때는 언제나 과장됨, 과도함, 끝 모를 광대함이란 말들이 떠오른다. 그런가 하면 그 대척점에서 동시대인인 로베르트 발저[10]는 자그마한 종이쪽지 위에 깨알 같은 '글씨들'을 긁적이는데 이는 머지않아 '마이크로그램'이라 불리게 된다……. 프루스트의 기념비적 성과는 경우의 수들을 셈하고 대조하고 측정하며, 기록들을 확정짓고, 시간과 공간, 수들을 도표화하는 일 등에 결부돼 있다.

『잃어버린 시간을 찾아서』를 읽을 때면 언제나 달아나기 쉽거나 혹은 잔재하는 형태들에 사로잡히게 된다. 프루스트가 대립항이자 양면성, 이분법, 쌍, 동질적이거나 이질적인 요소들 간의 균형 등에 관심을 쏟기 때문이다. 예컨대 잃어버린 시간 vs 되찾은 시간, 스완네 집 쪽 vs 게르망트 쪽, 갇힌 여인 vs 달아난 여인, 스완 vs 암수 한 몸의 샤를뤼스, 소돔 vs 고모라 등이 그렇다. 이 같은 대칭 구조는 문체에도 그대로 나타나 있다. 소설 전체는 이처럼 여러 종류의 비교들로 점철돼 있으며, 이 책에서 그 목록을 보게 된다.(90-91쪽 참조) 더불어 프루스트의 문장에서 가장 빈번하게 등장하는 문체가 바로 "또는, 또는……"이라는 사실에서 볼 수 있듯 대체어들의 사용이란 점이 통계학적으로 입증된다. 프루스트의 문학 예술은 이를테면 로르샤흐 검사[11]를 닮았고, 또는 작가가 절반은 유대인이고 절반은 가톨릭 출신이라거나, 한 발은 19세기에, 다른 쪽 발은 20세기에 담그고 있는 등 작가 자신의 이원적 인성을 닮았다.

우리가 이야기의 끝, 다시 말해 이야기의 완전한 순환 구조의 한쪽 끝에 다다랐을 때 또 다른 형식이 모습을 드러낸다. "내가 서가에서『프랑수아 르 샹피』[12]를 집어 들었을 때, 이내 내 안에서는 어린아이가 되살아나 나를 덮쳤다." 성인이 되었건만 그는 이야기의 끝에서 절망에 빠진 채 엄마가 키스해 주길 고대하는 어린아이로 남아 있는 셈이다. 「되찾은 시간」의 마지막 몇 쪽에 이르면 우리는 콩브레 시절로 되돌아가, 소설 전체를 다시금 읽게 된다. 동양적인 것으로 보이는 시간관념이 떠오르는 것이다. 보르텍스, 또는 아르데코에서 강조하는 나선(螺旋) 내지는 강가나 시냇가에서 볼 수 있는 그 놀라운 통발[13]을 떠올리지 않을 수 없다. 단어들 자체에서 이미지를 포착하지 말란 법이라도 있던가?『잃어버린 시간을 찾아서』는 대하소설 중 으뜸이며, 프루스트 문장이 가진 에너지란 바로 자갈을 굴릴 정도로 센 물살의 에너지, 또는 오늘날 래퍼들이 '흐름(flow)'이라 부르는 바로 그 에너지다.

『프루스트그래픽』은 문학적 탐구, 그리고 인문학에 속하든 속하지 않든 간에 모든 지식을 망라한다. 자연인 프루스트와 그의 기념비적 작품은 100여 년 이상 무수히 많은 언어와 다양한 매체에 걸쳐 수많은 관련 작품들을 탄생시켰다. 마치 지리학자들이 집요하게 달라붙어 연구하는 '미지의 영역'(공백으로 남아 있는 부분들이 점점 더 사라지고 있다.)처럼 우리는 프루스트와 그의 작품들에 관한 모든 것을 알고 싶어 한다. 이처럼 프루스트에 관해 축적된 모든 지식을 인포그래픽으로 표현하면 안 될 이유라도 있단 말인가? "잘 그린 스케치 한 장이 장황한 담론보다 낫다." 자유로이 접근할 수 있는 정보들이 넘쳐 나고, 수백만의 데이터를 처리하는 데 소요되는 시간이 집필 시간보다 짧으며, 모든 방면에서 통계 처리가 성행하고, 식자층조차 이미지에 함몰돼 있는 오늘날, 매체들은 위에 인용한 나폴레옹 보나파르트의 말을 자신의 신조로 삼은 듯하다. 비평의 활력을 포괄적으로 활용할 수만 있다면 수많은 데이터를 유용하게 사용할 수 있다. 바로 능력 있는 그래픽 디자이너가 그 데이터를 장식 띠며 도식, 가계보 따위로 변환시킬 때 말이다. 니콜라 보주앙의 화보집을 사랑하는 이는 프루스트에 관한 백과사전의 형상화 작업과 형식의 혁신을 꾀하는 예술가인 셈이다.

이 책에 담긴 각각의 주제는 이미지로 표현된 인용처럼, 또는 정보들이 압축된 알약처럼 고안되었다. 그렇다고 해서 모든 주제를 컴퓨터그래픽으로 표현할 수 있는 것은 아닌데, 예컨대 프루스트의 시며 유머의 경우가 그러하다. 하지만 그런 경우에도 우리는 유용하거나 무용한(벤 스콧[14]이 『잡문』에 관해 말했듯이) 요소들을 동원할 수 있고, 전통적인 방식으론 도저히 밝힐 수 없는 면면을 드러낼 수 있을 것이다. 특히 각각의 주제는 종합 예술에 속한다. 자료의 분량이 엄청나고, 예컨대 프루스트를 처음으로 자국어로 번역해야 하는 이들이 자료를 끌어모으느라 기울인 그 어마어마한 노고 대신 이 책은 간단한 컴퓨터그래픽 하나로 해결한다.

하지만 니콜라 1과 니콜라 2(보주앙과 나 자신)는 테크닉과 기능적인 면에 대한 유혹을 이기지 못했다. 일례로 오늘날에는 아무짝에도 소용없는 옛 지도가 그토록 아름답고, 거시경제학 책에 수록된 도저히 이해할 수 없는 곡선의 우아함에 현혹되는 식으로 말이다. 니콜라 보주앙은 문체의 문법이며 형태와 색채의 아름다움을 중요하게 여겼다. 그래서 그는 아르데코풍과 베를린, 빈, 혹은 파리 카바레의 황금 장식에서뿐 아니라, 프루스트가 세상을 떠날 즈음 막 태동하기 시작한 바우하우스로부터도 활자와 모티프를 차용했다.

"마르셀 프루스트는 언제나 나를 놀라게 한다.
저녁 6시경, 해 질 무렵, 카부르 그랑토텔의 테라스에
등나무 의자를 내오게 했다. 몇 분간 그 의자는
비어 있었다. 호텔 직원이 대기하고 있었다. 그러고 나서
프루스트가 손에 양산을 든 채 천천히 다가왔다."

필립 수포

바이오그래피

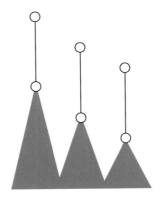

몇몇
숫자로 보는
마르셀
프루스트

10 7 1871

발랑탱 루이 조르주 마르셀 프루스트가 1871년 7월 10일 23시 30분에 태어났다.

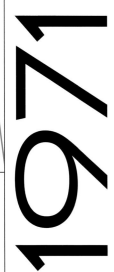

1971

정부의 훈령에 따라 일리에 마을이 일리에콩브레 마을로 개명하게 된 해

1,47

147만 부, 갈리마르에서 발행한 「스완네 집 쪽으로」의 누적 발행 부수(2010년 말 수치)

1987

마르셀 프루스트의 작품이 퍼블릭 도메인이 된 해

3 284

마르셀 프루스트 생전에 출간된 책의 총 페이지 수

5

마르셀 프루스트가 51년 동안 이사 다닌 횟수

51

마르셀 프루스트가 살았던 햇수

6 000

마르셀 프루스트가 1919년 약국에서 마약을 구입하느라 사용한 6천 프랑

5000

「꽃핀 소녀들의 그늘에서」로 받은
공쿠르상 수상 상금 5천 프랑

1,5

프루스트가 서른여섯 살 때의 재산 150만 프랑은 오늘날 약 600만 유로에 달한다.

14

「잃어버린 시간을 찾아서」 1권 출간 연도와 마지막 권인 7권 출간 연도 사이에 흐른 햇수

17

첫 책인 『기쁨과 나날』의 출간 연도와 두 번째 책인 「스완네 집 쪽으로」의 출간 연도 사이에 흐른 햇수

0

프루스트가 평생 지하철을 탄 횟수

1

프루스트가 생전 결투를 벌였던 횟수. 그는 1897년 2월 6일, 장 로랭과 결투를 벌였다.

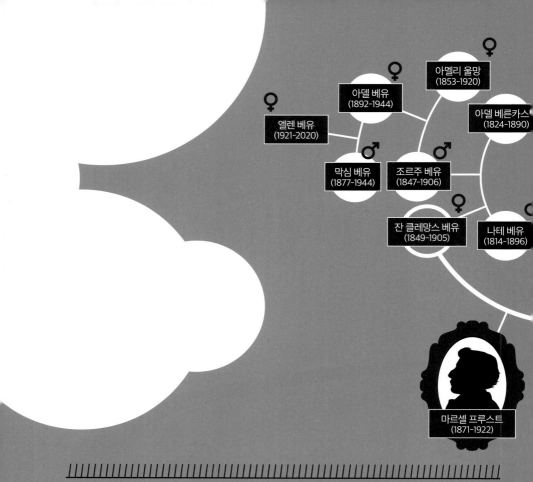

아멜리 울망
(1853-1920) ♀

아델 베유
(1892-1944) ♀

아델 베른카스
(1824-1890) ♀

엘렌 베유
(1921-2020) ♀

막심 베유
(1877-1944) ♂

조르주 베유
(1847-1906) ♂

잔 클레망스 베유
(1849-1905) ♀

나테 베유
(1814-1896) ♀

마르셀 프루스트
(1871-1922)

마르셀 프루스트는 이른바 반(牛)유대인 내지는 혼혈인이었다. 그는 가톨릭 세례를 받았지만, 그의 어머니 잔 베유는 유대인이었기 때문에 아들이 가톨릭 신자가 되는 것을 바라지 않았다. 어머니 쪽 가계는 독일계로, 알자스와 모젤 지방에 정착했었다. 반면 가난한 농촌 출신 집안인 아버지 쪽 가계는 보스와 페르슈 지방에 뿌리를 두고 있었다.

베유 쪽

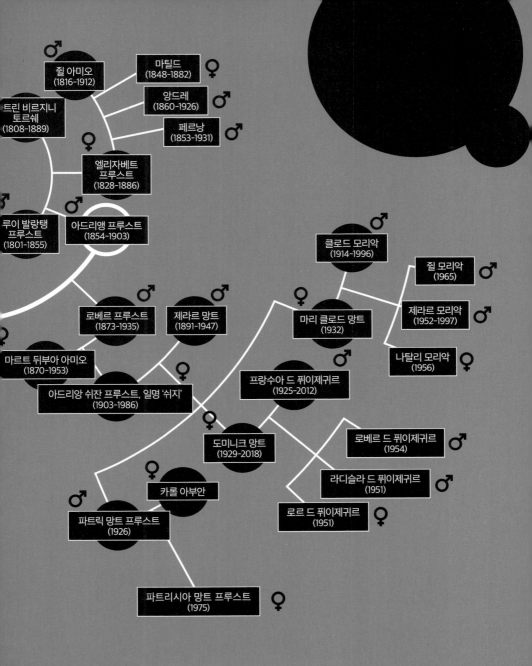

프루스트 쪽

인구학
마르셀 프루스트 시대의 프랑스

마르셀 프루스트는 **1870년에 발발한 전쟁**[15] **직후에 태어나,** 1차 세계 대전이 끝난 다음에 사망했다. 1차 세계 대전은 스페인 독감과 더불어 당시 주로 농촌 지역에 거주했던 프랑스 국민에게 씻을 수 없는 흔적을 남겼다.

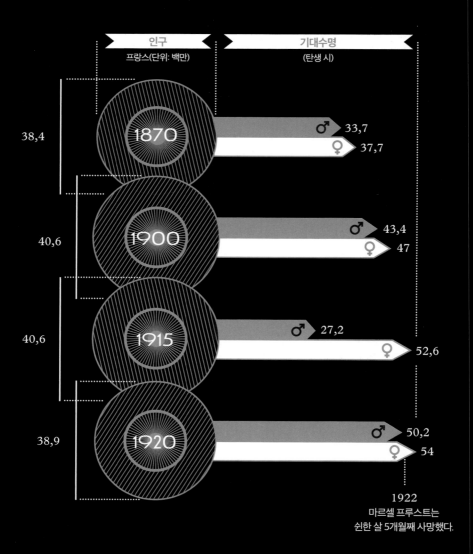

인구
프랑스(단위: 백만)

기대수명
(탄생 시)

38,4

1870

♂ 33,7
♀ 37,7

40,6

1900

♂ 43,4
♀ 47

40,6

1915

♂ 27,2
♀ 52,6

38,9

1920

♂ 50,2
♀ 54

1922
마르셀 프루스트는
쉰한 살 5개월째 사망했다.

인구의 구성
도시 지역, 농촌 지역

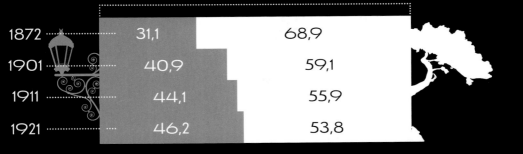

1872	31,1	68,9
1901	40,9	59,1
1911	44,1	55,9
1921	46,2	53,8

의사의 수

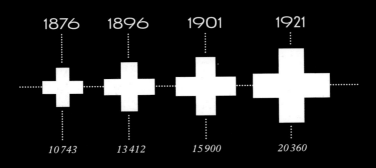

1876	1896	1901	1921
10 743	13 412	15 900	20 360

프루스트와 관련된 장소들의
몇몇 인구학적 수치

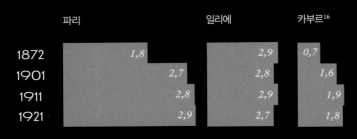

	파리	일리에	카부르[16]
1872	1,8	2,9	0,7
1901	2,7	2,8	1,6
1911	2,8	2,9	1,9
1921	2,9	2,7	1,8

주민 수 단위: 백만 명

문화와 사회

마르셀 프루스트 시대의 프랑스

아버지는 의사이고 할아버지는 환전 중개상이었던 마르셀 프루스트는 교양 있고 교육 수준이 높은 파리의 대 부르주아 가정에 속했다.

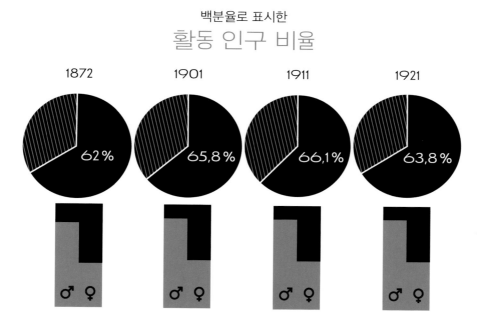

백분율로 표시한
활동 인구 비율

1872	1901	1911	1921
62%	65,8%	66,1%	63,8%

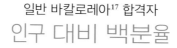

일반 바칼로레아[17] 합격자
인구 대비 백분율

0,8%	1,1%	1,2%	1,43%
1866	1886	1913	1921

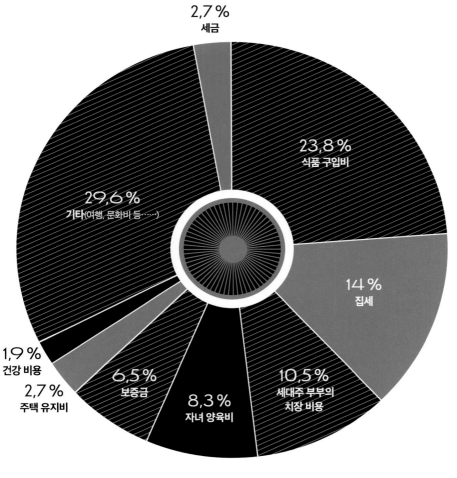

부르주아 가정의 소비 형태
1873-1913

2,7 %
세금

23,8 %
식품 구입비

29,6 %
기타 (여행, 문화비 등……)

14 %
집세

10,5 %
세대주 부부의
치장 비용

8,3 %
자녀 양육비

6,5 %
보증금

1,9 %
건강 비용

2,7 %
주택 유지비

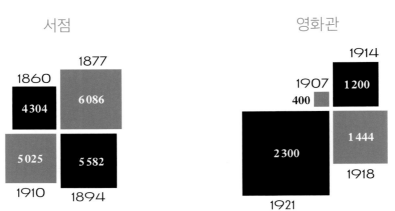

서점

1877
6 086

1860
4 304

1910
5 025

1894
5 582

영화관

1914
1 200

1907
400

1921
2 300

1918
1 444

사건
마르셀 프루스트 시대의 프랑스

드레퓌스[18] 사건(1894-1906)은 프랑스 사회를 완전히 양분하는데, 세기가 바뀌는 시기에 프랑스 내의 반유대주의를 상징하는 사건이다. 마르셀과 그의 동생 로베르, 그리고 어머니는 드레퓌스 옹호파였던 반면, 아버지는 의견이 달랐다. 『잃어버린 시간을 찾아서』에서는 드레퓌스란 이름이 무려 109번이나 등장한다.

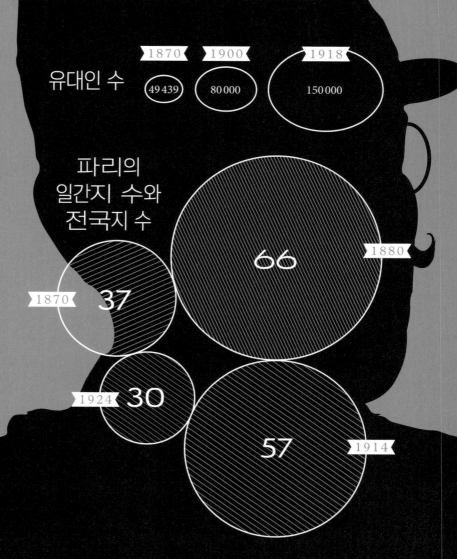

유대인 수

1870 · 49 439

1900 · 80 000

1918 · 150 000

파리의
일간지 수와
전국지 수

66 · 1880

1870 · 37

1924 · 30

57 · 1914

드레퓌스를
옹호하는 일간지

반反드레퓌스
입장을 표방하는 일간지

프랑스 전국 단위의 일간지 비율

1898년 2월

1898년 9월

1899년 9월

파리의 일간지 비율

1898년 2월

1898년 9월

1899년 9월

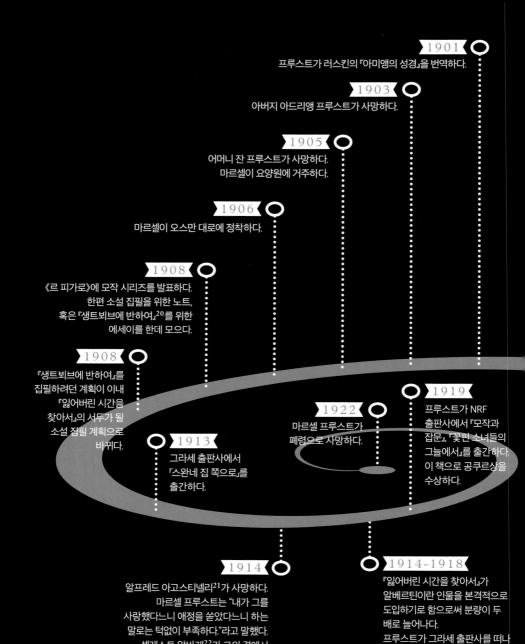

1901
프루스트가 러스킨의 『아미앵의 성경』을 번역하다.

1903
아버지 아드리앵 프루스트가 사망하다.

1905
어머니 잔 프루스트가 사망하다.
마르셀이 요양원에 거주하다.

1906
마르셀이 오스만 대로에 정착하다.

1908
《르 피가로》에 모작 시리즈를 발표하다.
한편 소설 집필을 위한 노트,
혹은 『생트뵈브에 반하여』[20]를 위한
에세이를 한데 모으다.

1908
『생트뵈브에 반하여』를
집필하려던 계획이 이내
『잃어버린 시간을
찾아서』의 서두가 될
소설 집필 계획으로
바뀌다.

1913
그라세 출판사에서
「스완네 집 쪽으로」를
출간하다.

1922
마르셀 프루스트가
폐렴으로 사망하다.

1919
프루스트가 NRF
출판사에서 『모작과
잡문』, 『꽃핀 소녀들의
그늘에서』를 출간하다.
이 책으로 공쿠르상을
수상하다.

1914
알프레드 아고스티넬리[21]가 사망하다.
마르셀 프루스트는 "내가 그를
사랑했다느니 애정을 쏟았다느니 하는
말로는 턱없이 부족하다."라고 말했다.
셀레스트 알바레[22]가 그의 곁에서
일하기 시작했다.

1914-1918
『잃어버린 시간을 찾아서』가
알베르틴이란 인물을 본격적으로
도입하기로 함으로써 분량이 두
배로 늘어나다.
프루스트가 그라세 출판사를 떠나
NRF 출판사[23]로 옮기다.

연대로 보는 전기

IIIIIIIIIIIIIIIIIIIIIIIIIIIIIIIIIIIIIIIIIIIIIIIIIIIIIIIIIIIIIIIIIII

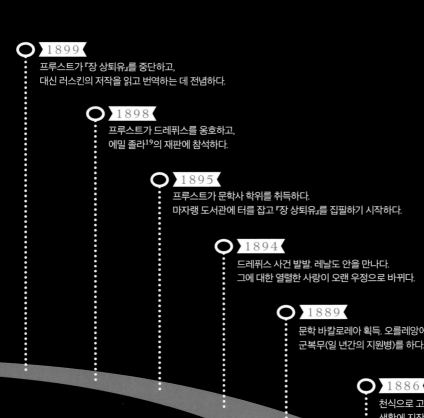

1899
프루스트가 『장 상퇴유』를 중단하고,
대신 러스킨의 저작을 읽고 번역하는 데 전념하다.

1898
프루스트가 드레퓌스를 옹호하고,
에밀 졸라[19]의 재판에 참석하다.

1895
프루스트가 문학사 학위를 취득하다.
마자랭 도서관에 터를 잡고 『장 상퇴유』를 집필하기 시작하다.

1894
드레퓌스 사건 발발. 레날도 안을 만나다.
그에 대한 열렬한 사랑이 오랜 우정으로 바뀌다.

1889
문학 바칼로레아 획득. 오를레앙에서
군복무(일 년간의 지원병)를 하다.

1886
천식으로 고등학교
생활에 지장이
초래되다.
2학년을 유급하다.

1882
콩도르세 고등학교에 5학년으로 입학하다.

1881
열 살 때 불로뉴 숲에서 처음으로
천식 발작을 일으키다.

1873
로베르 프루스트가 태어나다.
가족이 말레르브 대로 9번지로 이사하다.

1871
마르셀 프루스트가 오테유 지역
라퐁텐가 96번지에서 태어나다.

천재성은 점성술로
예측할 수 있는가?

마르셀 프루스트의 천궁도는 우리에게 무엇을 말해 주는가? 1871년 7월 10일 11시 30분에
태어난 작가의 천궁도는 염소자리 상승궁인, 게자리다.

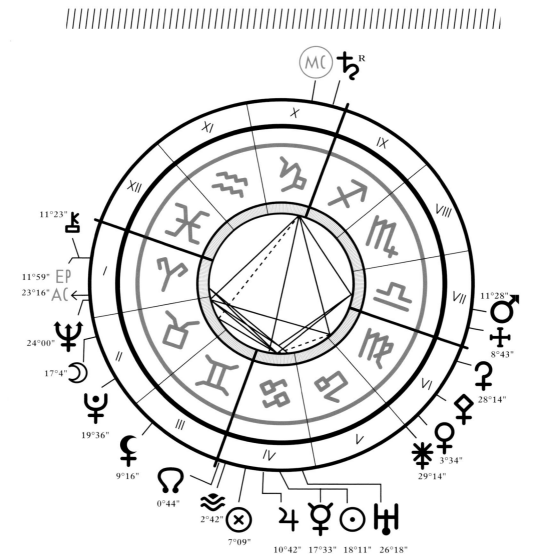

극도로 예민하고, 영감이 넘치다

게자리(17°33)에서 태양과 수성, 목성, 천왕성이 일직선상에 놓인다는 사실은 타인에게 지배력과 영향력을 행사하는 인물임을 말해 준다. 거해궁에서 태어난 프루스트는 풍요로운 상상력과 영감뿐 아니라 '여성적' 감수성을 타고났다. 더불어 네 번째 궁에 위치한다는 사실은 가족과 자존감이 중요하고, 아버지의 권위가 상당함을 의미한다.

엄마와 매우 친밀하다

상승점을 가진 황소좌의 매우 아름다운 달은 안정감을 안겨 주는 어머니의 존재가 매우 중요하면서도 그녀에게 의존적일 수밖에 없다는 점을 말해 준다. 염소좌가 끝나고 황소좌가 시작되는 지점에 위치한 마르셀의 상승점은 충동과 폭정, 건설하려는 욕구, 난폭한 분노 사이를 오가는, 결코 쉽지 않은 성격의 소유자임을 말해 준다.

선견지명을 가졌지만 병약하다

매우 불길한 별자리인 상승점을 가진 해왕성(삼지창)은 마르셀의 풍요로운 영감과 선견지명을 가진 선각자로서의 면모를 말해 준다. 반면 마약과 온갖 종류의 대체제에 의존적이며 병약한 신체 조건을 가졌음을 말해 준다.

악착스런 일꾼

네 번째 궁에 든 화성은 일에 대한 악착스러움 때문에 건강을 해칠 수 있다는 점을 말해 준다.

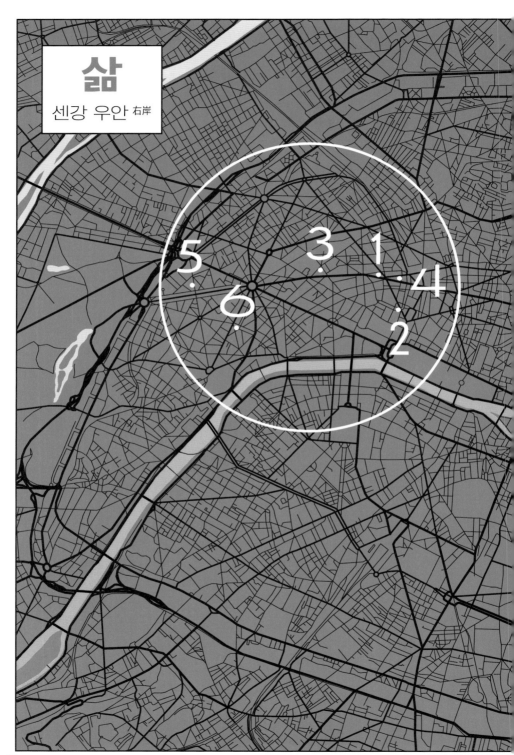

삶

센강 우안 右岸

마르셀 프루스트는 평생의 대부분을 파리에서, 그것도 센강 우안에서 지냈다. 좀 더 정확하게는 — 앙리 라치모프[24]의 지적에 따르자면 — '몽소 공원에서 콩코르드 광장까지, 콩코르드 광장에서 오퇴유까지, 그리고 오퇴유에서 블로뉴 숲과 에트알 광장까지'의 지역들에서 지냈다. 1871년에 태어난 작가는 순차적으로 여섯 채의 아파트에서 지냈는데, 그중 네 채는 파리 8구에, 다른 두 채는 16구에 소재했다.

1. 루아가 8번지, 파리 8구

1870년에서 1873년까지 프루스트의 부모님이 소유한 아파트로, 3층에 살았다.

2. 말레르브 대로 9번지, 파리 8구

1873년에서 1900년까지 그의 가족은 동생 로베르가 태어나자 좀 더 넓은 집으로 옮겼는데, 중정 너머에 위치한 새 아파트로 이사했다.

3. 쿠르셀가 45번지, 파리 8구

1900년에서 1906년까지 프루스트 부모님 소유의 이 아파트는 몽소가 모퉁이에 위치한 3층이었다.

4. 오스만 대로 102번지, 파리 8구

1906년에서 1919년까지 프루스트는 양친이 돌아가시고 나서 2층에 위치한 이 아파트에 정착한다. 그는 조금씩 삶과 집필의 의지를 회복한다. 그리고 바로 이곳에서 『잃어버린 시간을 찾아서』를 집필한다.

5. 로랑 피샤가 8번지 2호, 파리 16구

1919년 오스만 대로의 아파트를 처분하고, 작가의 친구인 레잔이 길에 면한 4층의 아파트를 그에게 임대한다.

6. 아믈랭가 44번지, 파리 16구

1919년에서 1922년까지 프루스트가 거주했던 마지막 아파트다. 그는 이곳에서 1922년 11월 18일에 세상을 떠난다.

오스만 대로
102번지에서

마르셀 프루스트는 1906년 12월 27일에 아저씨뻘 되는 루이 베유가 소유한 이 아파트에 정착한다. 방이 여섯 개나 됐지만 그는 길에 면해 있고 꽤나 시끄러운 방 하나만 차지했다. 니콜라와 셀린 코탱 부부가 1914년까지 프루스트를 돌봤고, 이후 셀레스트가 운전기사인 오딜롱 알바레와 결혼한 후 프루스트의 집에 들어왔다.

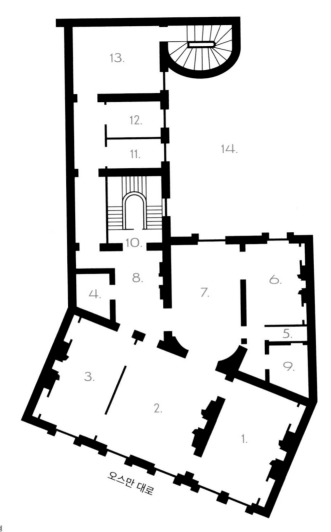

오스만 대로

그림 설명

1. 마르셀 프루스트의 방
2. 큰 거실
3. 작은 거실
4. 작은 안뜰
5. 화장실
6. 방
7. 식당
8. 현관
9. 작은 안뜰
10. 층계참
11. 목욕탕
12. 사무실 / 1914년부터 알바레 부부의
    방으로 사용됨
13. 부엌
14. 중정

오스만 대로
102번지의 방

프루스트는 서둘러 자기 방의 휑한 벽 위에 코르크
판을 붙이게 했다. 이제는 전설이 되어 버린, 세상
으로부터 고립된 유일무이한 작업실이 이렇게 해
서 탄생한다. 『잃어버린 시간을 찾아서』를 집필하
기 위한 중추적인 아틀리에인 셈이다. 카르나발레
미술관[25]에 보관돼 있는 소장품들이며 셀레스트 알
바레의 증언, 배우 디아나 퓌스가 건축가 조엘 샌
더스의 도움을 받아 그린 도면 등을 통해 우리는
오스만 대로 102번지에 있었던 프루스트의 침실을
재구성할 수 있었다.

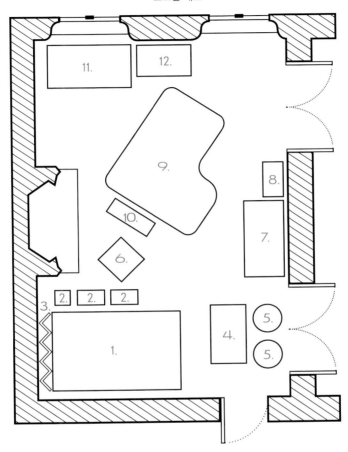

오스만 대로

그림 설명

1. 침대
2. 야간용 겸 머리맡 탁자
3. 5폭짜리 중국 병풍
4. 작업용 탁자(셀레스트의 증언에
   따르면 불(Boulle) 모델의 복제품)
5. 회전 서가
6. 소파
7. 거울 달린 옷장

8. 중국식 보관실
9. 그랜드 피아노
10. 피아노 의자
11. 참나무 책상
12. 거울 달린 자단 옷장

레스토랑의

마르셀 프루스트

거주지
레스토랑

1902년 프루스트는 레스토랑에 가서 하는 식사에 대해 이렇게 썼다. "**그것은 나의 에비앙,**[26] **나의 발걸음,** 내가 갖지 못한 나의 피서지다."

장 이브 타디에[27]가 전기에서 지적하듯, 이 문장은 예언적인 문장이라 할 수 있다. 사실상 집에 식사 초대를 할 사람이 아무도 없었던 프루스트는 밖에 나가 식사하기를 즐겼다. 그리고 1914년 이후로는 유일하게 외출하는 이유가 되기도 했다.

1 . WEBER BEBER 카페, 루아알가 21번지
지금은 사라지고 없는 이 카페는 파리 전역의 신문기자며 예술가, 음악가 들이 모여든 만남의 장소였다.

2 . Ritz Ritz 호텔, 방돔 광장 15번지
마르셀 프루스트가 특히 1차 세계 대전 중 거의 식사를 거르지 않았던 장소 중 하나다. 오늘날 리츠 호텔은 그의 이름을 딴 살롱을 운영하고, 제과장인 프랑수아 페레가 만드는 마들렌 과자를 후식으로 제공함으로써 소설가를 기린다.

3 . MAXIM'S Maxim's, 루아알가 3번지
레날도 안과 프루스트가 이곳에서 자주 만났다.

4 . LARUE LARUE, 마들렌 광장 15번지
바로 이곳에서 프루스트는 샹젤리제 극장에서 러시아 발레를 관람하고 나서 친구 사이인 콕토와 보두아이에를 만나곤 했다. 그는 1913년 5월에 있었던 「보리스 구드노프」 초연을 관람하고 이곳에서 디아길레프, 니진스키, 스트라빈스키, 콕토 등을 만났다.

5 . LE BOEUF SUR LE TOIT Le Boeuf sur le Toit (지붕 위의 암소), 부아시 당글레가 28번지
프루스트는 재즈를 연주하는 이곳에서 1922년 7월 15일 마지막 식사를 했다.

유럽을 여행하는
마르셀 프루스트

방구석에 틀어박혀 침대에나 누워 지낸다는 프루스트의 이미지가 작가의 신화와 더불어 오랫동안 군림했었다. 그러나 프루스트가 더 이상 파리를 떠나지 않게 된 1914년 이전이나, 특히 세기가 바뀌는 시기에는 천식이나 허약 체질에도 불구하고 유럽 곳곳을 누비고 다녔다. 프루스트가 네덜란드와 이탈리아로 두 차례나 여행을 떠났다는 사실이 보여 주듯, 프랑스를 벗어난 것은 주로 그림을 감상하기 위해서였다.

벨기에

1 오스탕드(1889)
친구인 호레이스 피날리네에서 묵다.
11 브루게, 겐트, 안트베르펜(1902년 10월)
프루스트는 베르트랑 드 페늘롱과 함께 네덜란드로 향하던 중 플랑드르 원시화가 전시회를 보기 위해 브루게에 들린다.

스위스

2 생 모리츠(1893년 8월)
프루스트는 루이 드 라살과 함께 베라구트 호텔 겸 펜션에서 삼 주가량 머문다.
7 코페(1899년 9월 21일)
프루스트는 아벨 에르망,[28] 콩스탕탱 드 브라코방[29]과 함께 자동차를 타고 코페를 방문하여, 마담 드 스탈의 성을 찾는다.

네덜란드

5 암스테르담(1898)
렘브란트 전시회를 관람한다.
10 헤이그, 도르드레흐트, 하를렘, 암스테르담(1902년 10월)
친구인 베르트랑 드 페늘롱과 함께 머문다. 프루스트는 헤이그 미술관에서 "세상에서 가장 아름다운 그림"이라고 칭송해 마지않는 페르메이르의 「델프트 전경」을 본다. 이 그림은 『잃어버린 시간을 찾아서』에서는 '작은 띠 모양의 노란 벽' 일화에서 마주치게 된다.

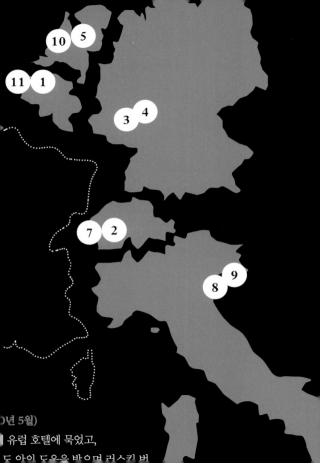

유럽 호텔에 묵었고,
도 아이 도움을 받으며 러스키 번

마르셀 프루스트의
콧수염

마르셀 프루스트의 초상화 수는 그리 많지 않다. 하지만 우리는
콧수염을 길렀고, 드문 경우이긴 하지만 수염까지 길렀었다는
필로 그은 듯한 니체풍 코밑 수염도 시간의 흐름에 따라 다양
트 알바레가 『나의 프루스트 씨』에서 증언하길, 그가 전후 찰
르기도 했다고 한다. 당시 프루스트는 의심쩍어했다. "셀레
각하나요? 사람들이 나더러 찰리 채플린풍 콧수염을 깎아 버리

1

1890-1893
연필 수염

3

189
핸들 바

2

1895-1896
모르스 콧수염

4

1891-1892 ·
세브론

5

1918년 이후
칫솔 수염 또는 찰리 채플린풍 수염

마스크
취미

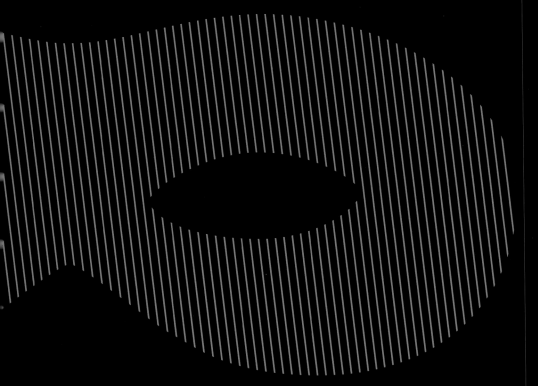

열아홉 살의 어린 마르셀 프루스트는 《르 망쉬엘》에 패션과 사교계 생활에 관한 연대기를 발표했다. 또한 거의 알려지지 않은 사실이지만, 이 미래의 작가는 마스크를 자주 착용했고, 여러 가명 뒤에 숨곤 했었다. 훨씬 나중인 1903년과 1904년에 그는 《르 피가로》에 또 다른 가명으로 사교계에 관한 글들을 발표한다.

 이그랙 Y

"버라이어티", 《르 망쉬엘》, 1891년 3월

 에투알 필랑트(Étoile Filante, 별똥별)

"패션", 《르 망쉬엘》, 1890년 12월
"사교계 생활", 《르 망쉬엘》, 1890년 11월
"패션", 《르 망쉬엘》, 1891년 3월

 드 브라방(De Brabant)

"국제 회화전, 조르주 프티 화랑", 《르 망쉬엘》, 1890년 12월

 봅(Bob)

"공공 장소", 《르 망쉬엘》, 1891년 7월

 피에르 드 투슈(Pierre de Touche, 시금석)

"기억들", 《르 망쉬엘》, 1891년 9월

 퓌쟁(Fusain, 목탄(화))

"사교계 인상", 《르 망쉬엘》, 1891년 5월

 도미니크(Dominique)

"역사적인 사교계, 마틸드 공주의 S.A.I. 사교계", 《르 피가로》, 1903년 2월 25일 자
"라일락이 핀 중정과 장미의 아틀리에, 마들렌 공작부인의 사교계", 《르 피가로》,
1903년 5월 11일 자

 오라티오(Horatio)

"에드몽 드 폴리냐 공주의 사교계. 지난날의 메아리인 오늘날의 음악", 《르 피가로》,
1903년 9월 6일 자
"오손빌 공작부인의 사교계", 《르 피가로》, 1904년 1월 4일 자
"포토카 공작부인의 사교계", 《르 피가로》, 1904년 5월 13일 자

마르셀 프루스트의
마약들

천식, 불면증, 위장병, 소화 장애…… 프루스트는 평생토록 자신의 건강 문제로 전전긍긍했다. 그의 아버지도, 진료했던 그 어떤 의사도 당시만 하더라도 거의 알려지지 않았던 질병인 천식을 고쳐 주지는 못했다. 수면, 망각, 안정 내지는 활력 사이를 차례로 오갔던 작가는 신경 안정제와 흥분제를 번갈아 가며 복용하는 자가 약 처방이란 지옥에 빠져 있었다. 그는 사실상 문학사를 통틀어 가장 심각한 마약 중독자 중 하나였다.

기타

탄산수소나트륨
소화를 돕는, 고래로부터의 처방
카스카라
완화제의 일종으로, 변비에 사용된다.
벨라도나
천식 치료에 사용된다.
흉부 훈증
프루스트는 '훈증 요법'을 즐겨 사용했다.

여러 시간 동안 널리 알려진 로그라 분말이나 천식에 좋은 여타의 분말(에스픽, 에스콩플레르)을 방에서 태우도록 하는 방식이다.
모르핀
1804년에 발견된 모르핀은 아편의 알칼로이드 성분을 일컫는다. 작가는 천식을 이기기 위해 모르핀 주사를 맞곤 했다.

흥분제

아드레날린
말년의 프루스트는 아드레날린 주사를 맞을 때 무력증을 이기기 위한 카페인과 함께 복용하곤 했다.
에바트민
아드레날린과 저체후 추출물과의 혼합.

카페인
프루스트는 상당량의 커피를 마시곤 했다. 이따금 그는 커피와 카페인을 병용하곤 했는데, 예컨대 잔당 10센티그램의 카페인 정제를 넣은 커피를 열일곱 잔까지 마시기도 했다.

수면제

트리오날
프루스트는 1903년 4월 14일 앙투안 비베스코에게 보내는 편지에서 이렇게 썼다. "나는 이내 많은 양의 트리오날을 먹어야 할 것 같다." 이 향정신성 안정제는 프루스트가 적어도 1890년 이후 복용했던 가장 오래된 수면제다. 트리오날은 신경 안정제로도 사용된다.
테트로날
테트로날은 트리오날보다는 덜 강력하지만, 못지않게 독성을 갖고 있는 약이다.
디알 시바와 디디알
알약이나 시럽 형태로 복용하는 바르비투르산제. 프루스트는 이 약을 베로날 같은 다른 수면제와 번갈아 가며 복용했다.

아편
프루스트는 아편을 수면제로 사용했다.
베로날
프루스트는 뤼시앙 도데에게 보내는 편지에 이렇게 썼다. "베로날을 먹으면 기억력이 몹시 떨어져요. 지금 이 순간, 나는 아무것도 기억나지 않는 이 책을 까맣게 잊고 있었다는 걸 깨닫고 있어요." 그는 베로날을 하루에 3그램씩 복용했는데, 이는 처방받은 최대 복용량의 두 배에 이르는 분량이다.
발레리알
불면증을 이기기 위해 사용되는 식물성 성분의 치료제.

마르셀 프루스트의 서재

프랑스 책

라신은 『잃어버린 시간을 찾아서』에서 가장 많이 인용되는 작가다. 프루스트는 라신의 언어가 보여 주는 대담성을 칭송하고, 연극의 미학을 정의하기 위해 그를 원용한다.

질문지에서 언급되기도 하지만, 『잃어버린 시간을 찾아서』의 비의지적 기억의 한 중심에 자리 잡고 있는 조르주 상드는 성숙기의 추천 도서라기보다 젊은 시절 읽었던 독서 경험이었다고 할 수 있다.

보들레르를 향한 프루스트의 존경심은 사그라드는 법이 없었다. 프루스트의 문학은 보들레르의 미학에 크게 빚지고 있다.

소설적 야망이나 등장인물들의 회귀 수법에 국한하더라도, 『인간 희극』이 『잃어버린 시간을 찾아서』에 끼친 영향력은 대단한 것이다.

프루스트는 유명한 글 「플로베르의 문체에 대하여」에서 플로베르를 옹호한다. 그는 이 글에서 플로베르 소설의 여러 대목을 암기해서 인용한다.

독서에 관한 수많은 명문장을 남긴 프루스트는 사실 애서가는 아니었다. 우리는 그의 서재에 대해 아는 것이 별로 없는데, 대단한 장서를 가지고 있지는 않았던 듯하다. 반면 프루스트의 '정신적 서재'는 엄청났다. 작가는 암기력만으로 수많은 시 구절과 비극의 여러 대목을 통째로 읊을 수 있었다. 우리는 그가 작성한 세 차례의 질문지, 인용 대목, 모작과 서간문 등을 통해 프루스트에게 핵심적인 역할을 했던 책이 무엇이고, 어떤 책을 선호했는지 알 수 있다.

프루스트는 자신이 숭배했던 여타 작가들의 경우도 그렇지만, 르무안 사건에 대한 시리즈를 집필하면서 (아주 맹렬하게) 그의 친구 앙리 드 레니에의 작품을 모작했다. 이 모작들은 《르 피가로》에 처음 발표됐다가 『모작과 잡문』(1919)에 온전히 수록됐다.

프루스트는 자신의 여자친구인 안나 드 노아유에게 '천재적'이라 칭송하며 무한한 존경심을 나타냈다. 하지만 이는 후대의 관점에서 볼 때 과장된 평가였다고 여겨진다.

프루스트는 1896년과 1906년에 뒤마의 작품을 집중적으로 읽었다. 그는 『아르망탈의 기사』를 가장 좋아하긴 했지만, 『삼총사』 삼부작과 『20년 후』, 『브라줄라의 후작』 등도 함께 읽었다.

마르셀 프루스트의 서재

외국 책과 자연과학 책

셰에라자드와 샤리야르에 관한 이야기는 『잃어버린
시간을 찾아서』에서 반복적으로 등장한다. 프루스트는
자신이 행하는 야간의 글쓰기 작업을 환기시키기 위해
이 아랍 고전의 모티브를 사용하곤 한다.

번역이란 다르게 읽는 것을 뜻한다. 프루스트는
어머니와 몇몇 친구들의 도움을 받아 자신의
미학뿐 아니라 심지어 어떤 의미에서 보자면
자신의 문장까지 지속적으로 형성해 준
러스킨의 두 작품을 번역한다.

프루스트는 스티븐슨을 '천재적인'
소설가라고 평생에 걸쳐 여러 차례
언급하는데, 이 같은 칭송은 결코
수그러드는 법이 없었다.

조지 엘리
-
플로스
물방

존 러스킨: 참깨와 백합; 아미엥의 성경

토마스 하디: 사랑하는 사람

호메로스: 일리아드, 오디세이

레프 톨스토이: 전쟁과 평화, 이반 일리치의 죽음

표도르 도스토옙스키: 죄와 벌, 카라마조프가의 형제들

갈리마르 천일야화

로버트 루이스 스티븐슨: 신 천일야화, 지킬 박사와 하이드, 보물섬

괴테: 빌헬름 마이스터의 수업 시대

프루스트는 『잃어버린 시간을 찾아서』에서도 언급하듯, 이 "위대한 러시아 작가"의
작품을 적잖이 읽었다. 특히 『백치』를 좋아했는데, "일반 법칙에 따라 특수한 현상이라
파악해야 할 경우에도 심오하게 쓰였기 때문"이었다. 도스토옙스키의 영향력은 스완뿐
아니라 화자 자신의 강박증적 질투심에서 명확하게 느껴진다.

프루스트에게서 이탈리아 문학을 찾아볼 수 없고, 독일 문학(그는 독일어를 영어보다 능숙하게 구사했지만 전혀 활용하지 않았다.)에도 거의 관심을 나타내지 않았지만, **그의 문학적 취향은 대단히 절충주의적인 것이었다.** 자연과학 서적과 식물학 서적은 프루스트의 지적 형성에 지대한 영향을 미쳤으며 의학 서적에도 관심이 많았다. 우리는 그런 흔적을 『잃어버린 시간을 찾아서』에서 찾아볼 수 있다. 러시아 작가인 톨스토이와 도스토옙스키는 그에게 커다란 '자극'이 되었다.

프루스트가 웰스의 소설을 여럿 읽긴 했지만, 그는 이 영국 소설가를 스티븐슨의 아류라고 여겼다.

미슐레[33]는 마르셀 프루스트에게 역사가라기보다 박물학자로서 관심을 끌었다. 그는 자신의 위대한 소설에서 미슐레의 몇몇 조류학적 관점을 차용했다.

프루스트는 이 식물학의 주저서를 자주 펼쳐 보곤 했다. 하지만 기껏 성적 은유에 대한 아이디어만 얻었을 따름이다.

해버트 조지 웰스 타임머신, 투명인간

월터 스코트: 아이반호

아르투르 쇼펜하우어 의지와 표상으로서의 세계

고트프리트 빌헬름 라이프니츠 단자론

랠프 월도 에머슨

에밀 말 19세기 프랑스의 종교예술

쥘 미슐레 새, 바다, 산

가스통 보니에 대(大) 식물지

모리스 마테를링크 꿀벌의 삶, 개미의 삶, 이중 정원

조르주 리노세로 소화불량과 환자의 위생

에밀 말[34]은 프루스트 미학에서 매우 중요한 인물이다. 프루스트에게 노르망디 오지를 찾아가 보라고 부추긴 인물이 바로 그였다.

프루스트는 1911년 노벨상을 수상한 이 작가의 작품에 대해 꿰고 있었다. 특히 세기가 바뀌는 시기에 쓰인 그의 위대한 글들에 경의를 표했다. 그는 마테를링크[35]를 "플랑드르의 베르길리우스"라고 부르며, 이 상징주의 작가의 시와 희곡, 그의 역작 『자연사 문학』을 즐겨 읽었다.

연금 생활자
마르셀 프루스트

||||||||||||||||||||||||||||||||||||||||||||||||

마르셀 프루스트의 수입
단위: 천 프랑

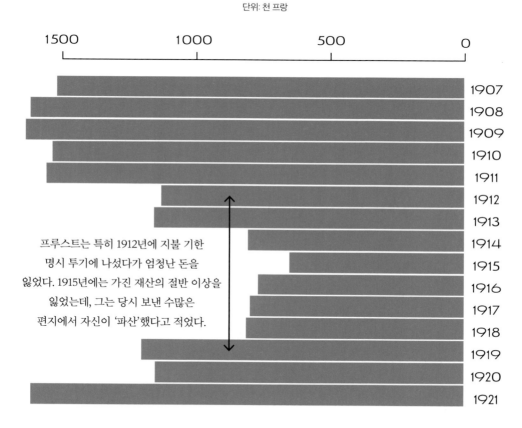

1500	1000	500	0

1907
1908
1909
1910
1911
1912
1913
1914
1915
1916
1917
1918
1919
1920
1921

프루스트는 특히 1912년에 지불 기한 명시 투기에 나섰다가 엄청난 돈을 잃었다. 1915년에는 가진 재산의 절반 이상을 잃었는데, 그는 당시 보낸 수많은 편지에서 자신이 '파산'했다고 적었다.

상식을 갖춘 전문가인
리오넬 오세르[36] 덕분에, 프루스트는 재정 상태를 회복할 수 있었다.
그 밖에도 공쿠르상 수상금이며 인세, 자신의 재정 담당자도 모르게 구입해 둔
로얄 더치의 주식 등으로 수입을 올렸다.

프루스트는 **부모님이 돌아가시고 나서** 여러 은행(로스차일드 은행, 산업신용 은행 등)에서 발행한 주식, 증권 및 채권 등 막대한 유산을 물려받는다. 도박을 좋아하는 그는(카부르의 카지노에서 바카라 게임을 즐기곤 했다.) 투기를 일삼고 주식 투자에 미쳤었다. 자신의 재정 담당자였던 리오넬 오세르의 조언을 늘 따랐던 것은 아니며, 그의 도움에도 불구하고 자신의 별난 성격 탓에 막대한 재산을 잃었다. 『잃어버린 시간을 찾아서』에서 화자는 알베르틴의 환심을 사기 위해 지불 기한 명시 투자를 했다가 막대한 손실을 입는다.

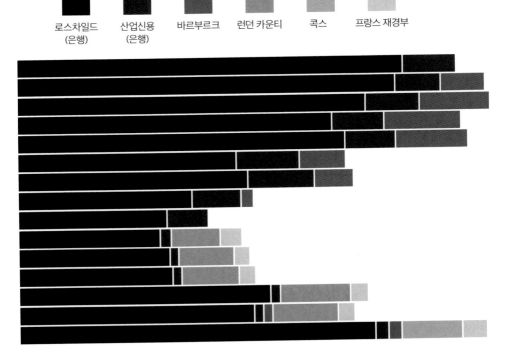

로스차일드 (은행)　산업신용 (은행)　바르부르크　런던 카운티　콕스　프랑스 재경부

다양한 주식과 증권으로 이뤄진 프루스트의 포트폴리오

멕시코 전차 회사
왕립 네덜란드
동양 카펫
데 베어스
아바나 통합철도
비시 약수
엑스테리외르
유니온 퍼시픽 시큐리티스
뉴욕시 채권
탱가니이카 철도

라 플라타강 스페인 은행
파케트파르트 시큐리티스
일본 재정국 화폐
펜실베이니아 철도
밀워키 시큐리티스
75 이스트 랜드 광산
랜드 광산 시큐리티스
중국 재경부
수에즈 운하
스파스키 구리 광산

1890-1891 《르 망쉬엘》에 여러 글을 발표하다.

1895-1899 『장 상퇴유』를 집필하다.

1899 러스킨의 『아미앵의 성경』 번역을 시작하다.

1903 《르 피가로》에 사교계 연대기를 집필·발표하다.

1904 러스킨의 『참깨와 백합』의 번역을 시작하다.

1907 《르 피가로》에 '존속살해에 대한 자식의 감정', '독서하는 나날', '자동차에서 느끼는 도로의 인상' 등 여러 중요한 글을 집필·발표하다.

1908-1922 『잃어버린 시간을 찾아서』를 집필하다.

1922 - 마르셀 프루스트의 죽음

1890 | 1900 | 1910 | 1920 | 1930 | 1940 | 1950

1927 『연대기』의 출간 (갈리마르 출판사)

1927 『잃어버린 시간을 찾아서』의 일곱 번째 권인 「되찾은 시간」 출간(갈리마르 출판사)

1925 『잃어버린 시간을 찾아서』의 여섯 번째 권인 「사라진 알베르틴」 출간(갈리마르 출판사)

1923 『잃어버린 시간을 찾아서』의 다섯 번째 권인 「갇힌 여인」 출간(갈리마르 출판사)

1921 『잃어버린 시간을 찾아서』의 네 번째 권인 「소돔과 고모라」 출간(갈리마르 출판사)

1920 『잃어버린 시간을 찾아서』의 세 번째 권인 「게르망트 쪽」 출간(갈리마르 출판사)

1919 『모작과 잡문』 출간(갈리마르 출판사)

1919 『잃어버린 시간을 찾아서』의 두 번째 권인 「꽃핀 소녀들의 그늘에서」 출간(갈리마르 출판사)

1913 『잃어버린 시간을 찾아서』의 첫 번째 권인 「스완네 집 쪽으로」 출간(그라세 출판사)

1906 '독서에 관하여'가 앞머리에 수록된 『참깨와 백합』 출간 (소시에테 드 메르퀴르 드 프랑스 출판사)

1904 『아미앵의 성경』 출간(소시에테 드 메르퀴르 드 프랑스 출판사)

1896 『기쁨과 나날』 출간(칼망 레비 출판사)

의지박약한 프루스트?

강인함의 전설

오랫동안 사람들은 집요하게 떠도는 전설을 믿어 왔다. 즉 의지박약하고 미루는 성격을 가졌고 사교계에나 들락거리는 탓에 뜨문뜨문 글을 썼던 프루스트에 뒤이어, 마치 강제 노역하는 죄수마냥 악착스레 『잃어버린 시간을 찾아서』를 집필하는 프루스트의 이미지가 바로 그것이다. 그의 사후에 발간된 『장 상퇴유』(첫 판본이 무려 1032쪽에 달한다.)며, 끊임없이 집필하고 번역에 임하는 등 정기적으로 글을 쓰는 작가임을 보여 주는 『생트뵈브에 반하여』가 보여 주듯 이런 평가들은 거짓임이 밝혀졌다.

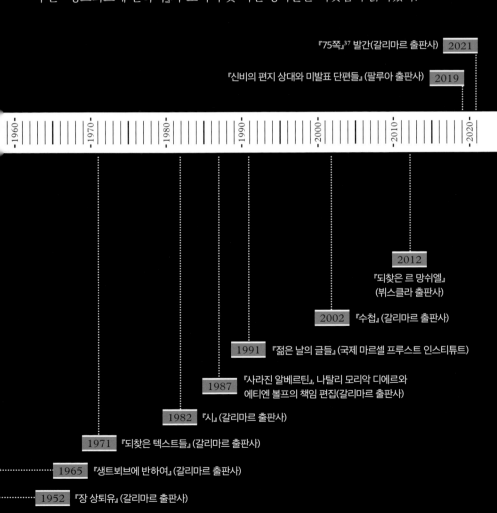

『75쪽』[37] 발간(갈리마르 출판사) 2021

『신비의 편지 상대와 미발표 단편들』(팔루아 출판사) 2019

2012
『되찾은 르 망쉬엘』
(뷔스클라 출판사)

2002 『수첩』(갈리마르 출판사)

1991 『젊은 날의 글들』(국제 마르셀 프루스트 인스티튜트)

1987 『사라진 알베르틴』, 나탈리 모리악 디에르와
에티엔 볼프의 책임 편집(갈리마르 출판사)

1982 『시』(갈리마르 출판사)

1971 『되찾은 텍스트들』(갈리마르 출판사)

1965 『생트뵈브에 반하여』(갈리마르 출판사)

1952 『장 상퇴유』(갈리마르 출판사)

페르 라셰즈 공동묘지의
프루스트

1922년 11월 21일, 마르셀 프루스트는 페르 라셰즈 공동 묘지의 가족묘에 묻힌다. 그의 무덤은 몇몇 친구들의 무덤 가까운 곳에 위치하고 있어서 함께 참배할 수 있다.

자크 브누아 메셍, 1983년 사망
(9구역)

사라 베르나르, 1923년 사망
(44구역)

안나 드 노아유, 1933년 사망
(28구역)
앙투안 비베스코, 1951년 사망
(28구역)
에마뉘엘 비베스코, 1917년 사망
(28구역)

자크 비제, 1922년 사망
(68구역, 샤펠 단)

콜레트, 1954년 사망
(4구역, 시르퀼레르 단)

뤼시앙 도데, 1946년 사망
(26구역)

호레이스 피날리, 1945년 사망
(93구역, 트란스베르살 단 3호)

로베르 드 플레르스, 1927년 사망
(18구역)

레날도 안, 1947년 사망
(85구역)

앙리 그레필, 1932년 사망
(43구역, 트란스베르살 단 1호)

앙리 드 레니에, 1936년 사망
(86구역)

마르셀 프루스트
(85구역, 트란스베르살 단 2호)

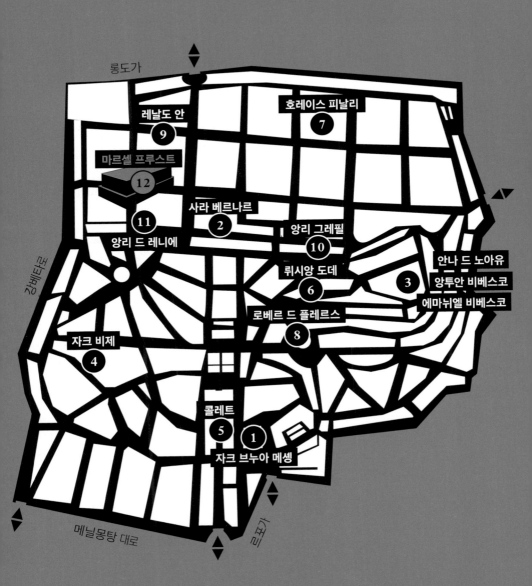

롱도가

레날도 안
9

호레이스 피날리
7

마르셀 프루스트
12

사라 베르나르
2

앙리 그레필
10

앙리 드 레니에

11

안나 드 노아유
앙투안 비베스코
에마뉘엘 비베스코

뤼시앙 도데
6

3

로베르 드 플레르스
8

자크 비제
4

콜레트
5

1

자크 브누아 메셍

메닐몽탕 대로

셀레스트 알바레

일자리를 찾다

1922년 11월에 마르셀 프루스트가 죽고 나서, 그의 헌신적이고 충직한 하녀는 일자리를 잃어버린 셈이었다. 그녀의 이력서를 상상해 보자.

● 셀레스트 알바레
  처녀 적 이름: 오귀스틴 셀레스틴 쥐네스트
● 오세르(로제르 도(道))에서 1891년 5월 17일에 출생)
● 기혼, 서른한 살
● 이메일: celeste.albaret@marcelproust.com

자격
전보 심부름, 가정교사, 속내 이야기 들어주기, 간호사, 전화 교환수. 요리사, 침모, 가정부, 문서 정리, 타자수, 문구 정리, 관상가, 문지기, 바리스타

언어
프랑스어
취미
마르셀 프루스트에 관하여 말하기
경력
팔 년 동안 프루스트 곁을 지키다

편지 쓰는 사람[38]

프루스트는 평생 10만여 통의 메시지를 작성한 것으로 알려져 있는데, 그중 3만여 통만 알려졌다. 그는 사실상 모든 이에게 메시지를 보낸 셈이며, 심지어 가까운 곳에 사는 이웃에게도 메시지를 보내곤 했다. 프루스트가 오스만 대로 102번지에 거주하던 시절에는 같은 건물 바로 위층에 살았던 하프 연주자 마리 윌리엄스에게도 메시지를 보내곤 했다. 작가는 메시지에 날짜를 적어 넣는 경우가 없었으며, 자기가 보낸 대부분의 메시지는 회수했고, 파기해 버리는 경우가 많았다. 어떤 메시지는 그의 가족이 태워 버리기도 했고, 받는 사람의 가족이 태워 버렸다. 개중에는 사라지거나 분실된 경우도 있었다. 어떤 메시지들은 연구 과정 중 발견되었고, 경매장에 모습을 드러내는 경우도 있었다.

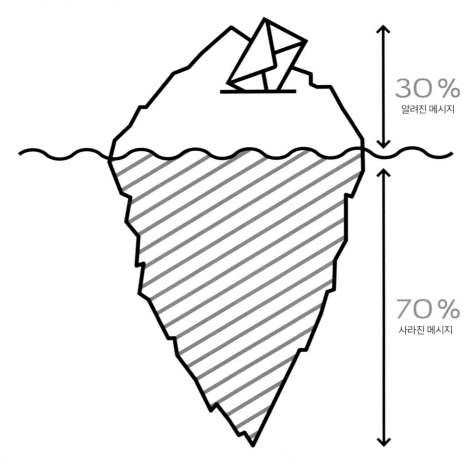

30 %
알려진 메시지

70 %
사라진 메시지

"프루스트는 자기가 보고 느낀 바를 증언하기 위해 후대에
엄청난 양의 편지글을 쓴다. 그가 쓰는 편지글은 온도며 높이,
고도가 제각각인데, 어떤 날은 채비가 잘 갖춰진 채로
쓰는가 하면, 어떤 날은 채비가 덜 갖춰진 채로 쓰기도 한다.
한 부분에 집중해 쓰기도 하는데, 그 범위를 획정하는 방식이나
완결성, 언어의 완벽성은 감탄을 자아낸다.
혹은 열에 들뜬 듯 서둘러 쓰기도 하는데, 그러느라 생겨난
부언이나 모순에는 아랑곳하지 않고, 문장들이 굴곡지고
빙빙 에두르는 때에도 아주 능숙한 솜씨를 발휘하는 가운데,
기발한 비교와 도저히 상상하기 힘든 방식의 유추를 이끌어 내기도 하고,
정확한 지적, 극히 드문 자질의 빼어난 관찰, 몸뚱이를 펼치고 도망치며
마치 우리가 책장 위로 드리운 그 그림자를 좇기라도 하는 듯한,
그 구렁이의 유연성과 신속함과 더불어, 바로 우리 눈앞에서
돌출하고 꿈틀대고 형태를 갖추는 갑작스런 이미지 등으로
우리를 놀라게 한다."

루 이 드 로베르 [39]

2

프루스트 머신

981 단어로 읽는
『잃어버린 시간을 찾아서』

『잃어버린 시간을 찾아서』의 주제는 과연 무엇이고, 어떻게 이 소설을 몇 줄로 요약할 수 있을까? 사실상 소설이 채택하고 있는 비단선적 줄거리는 일반적인 소설 방식과는 거리가 있고, 수백의 인물들이 우글거리는 등 핵심 주제에서 벗어나는 경우가 비일비재하니 말이다. 그럼에도 화자(話者)는 "이 작품이 바로 그 이야기의 토대를 이루는 보이지 않는 소명 의식"임을 일깨우며 소설을 이끌어 나간다. 비록 소명 의식이 눈에 보이진 않지만 이는 『잃어버린 시간을 찾아서』에 언제나 깃들어 있으며, 비록 엄청난 텍스트의 홍수 속에서 작은 자리를 차지할 따름이지만 막바지에 이르러서는 확연히 모습을 드러낸다. 이는 작가로서의 소명 의식이다. 화자는 사교계란 허망함에 허비했던 시간의 소중함을 일순간 깨달으면서 그간 자신이 포기한 줄 알았던 작가로서의 소명 의식을 회복한다.

스완네 집 쪽으로

화자는 자신이 잠자리에 들기 전 엄마의 키스를 고대하곤 했던, 콩브레에 있는 이모할머니 댁의 자기 방을 회고한다. 하지만 그토록 고대하던 그 순간은 스완 씨가 찾아와 미뤄지곤 했었다. 차에 적신 마들렌 과자 조각에 힘입어, 화자는 어린 시절 콩브레에서 경험한 수많은 감각과 인상 들을 일깨운다. 그는 자기 가족의 습관이며 고모할머니의 딸 레오니의 하녀인 프랑수아즈, 당시 그가 심취한 베르고트[40]의 책 등을 떠올린다. 몽주벵에서 그는 피아노 선생의 딸인 뱅퇴유 양과 그녀의 친구 사이에서 행해지는 가학적인 장면을 목격한다. 그는 산책하는 도중 질베르트 스완과 마주치고, 대번에 사랑에 빠진다. '스완의 사랑'은 화자가 태어나기 수년 전으로 우리를 이끈다. 이 부분은 샤를 스완이 고급 창부인 오데트에게 파괴적인 열정과 병적 질투심을 품는 시기를 이야기한다. 더불어 스완이 변변치 않은 부르주아인 베르뒤랭네 사교계에 발을 들이기 위해 애쓰는 광경을 보여 준다. 스완은 오데트가 자신이 아닌 다른 남성들, 특히 포르슈빌과 관계를 맺고 있는 것은 아닌지 의심한다. 오데트가 "자기가 좋아하는 타입"이 아닌데도 결국 그는 그녀와 결혼한다. 이리하여 둘 사이엔 딸 질베르트가 태어난다. 화자는 파리 샹젤리제에서 질베르트 스완을 재회한다.

꽃핀 소녀들의 그늘에서

화자가 「페드르」를 공연한 라 베르마를 처음 보고 나서 실망하는 장면이 그려진다. 화자는 질베르트를 만나기 시작하고, 스완 씨네 집에 발을 들인다. 그는 그곳에서 심지어 베르고트와 함께 오찬을 들기도 한다. 그는 질베르트에게 간헐적으로 사랑을 느끼면서도, 마침내 그녀에게 싫증을 느낀다. 화자는 할머니와 프랑수아즈를 대동하고 발베크로 떠난다. 이들은 그랑토텔에 머무는데, 그는 그곳에서 포부르생제르맹[41]의 여러 인물들, 예컨대 빌파리지 부인이며 그녀의 조카인 로베르 생루 등과 마주치고, 엘스티르를 만나기 위해 그의 화실을 찾는다. 화자는 발베크의 제방에 자주 출몰하는 젊은 아가씨들, 즉 앙드레, 지젤, 알베르틴 등과 교류한다. 그는 알베르틴을 사랑하게 된다.

게르망트 쪽

화자의 부모님은 게르망트 저택에 붙어 있는 새로운 아파트에 정착한다. 화자는 오페라에서 다시금 라 베르마의 「페드르」 공연을 관람하고, 마침내 그녀의 '천재성'을 이해한다. 게르망트 공작부인에게 마음을 빼앗긴 화자는, 그녀의 조카인 생루가 자기를 공작부인에게 소개시켜 줄 수 있으리란 기대를 품고 그의 부대가 있는 동시에르로 찾아간다. 화자는 마침내 빌파리지 부인네 사교계에서 게르망트 공작부인뿐 아니라 포부르생제르맹의 여러 인사들과 마주친다. 화자의 할머니가 병이 들어 오랫동안 신음하던 끝에 세상을 떠난다. 그는 다시금 알베르틴과 교류한다. 게르망트 사교계에서의 사교 행각이 펼쳐지고, 샤를뤼스와의 긴장된 만남이 발생한다. 화자는 게르망트 공작과 공작부인네에서 스완을 보게 된다. 스완은 이들 부부에게 자신이 병이 났으며, 기껏 서너 달밖에 살 수 없을 것이라고 말한다.

소돔과 고모라

화자는 저택의 중정에서 샤를뤼스 남작의 동성애 사실을 발견하게 된다. 즉 조끼 장인인 쥐피앵의 가게에서 야릇한 합방 의식을 보게 된 것이다. 그곳에서 그는 이런 만남을 꽃가루를 운반하는 벌레에 의해 식물이 수정되는 장면에 비유한다. 화자는 게르망트 공작부인의 사교계에 초대를 받고, 그곳에서 스완, 샤를뤼스와 포부르생제르맹의 여러 인사들과 재회한다. 두 번째 발베크 체류. 그곳에서 화자는 알베르틴을 만나는데, 자기 자신의 감정 상태를 의심의 눈초리로 바라본다. 한편 알베르틴이 다른 여자들, 특히 앙드레를 사랑하는 것은 아닌지 의심한다. 동시에르에서 생루를 만나고, 베르뒤랭네 사교계 장면이 이어지며, 라 라스플리에르[42]에서 샤를뤼스와 모렐을 마주친다. 화자는 알베르틴과 함께 자동차를 타고 발베크 주변을 드라이브한다. 무력감과 질투심, 알베르틴에 대한 사랑 등으로 마음이 갈가리 찢긴 화자는 고통스런 "심정의 간헐"[43]을 느낀다. 그는 알베르틴이 내밀하게 뱅퇴유 양과 그녀의 친구를 알고 지낸다는 사실을 발견한다. 이 새로운 사실은 화자를 무척이나 괴롭히며, 강박증의 절정에서 알베르틴과 결혼하고 말리라고 다짐한다.

갇힌 여인

알베르틴은 화자의 집에 기거하면서도 계속해서 앙드레를 만난다. 화자는 알베르틴을 더 이상 사랑하지 않는다고 하면서도, 예전에 스완이 오데트에게 그랬던 것처럼 병적인 질투심 때문에 그녀에 대한 감시를 늦추지 않는다. 두 연인은 각방을 썼는데도 화자의 의심은 커져만 간다. 화자는 베르고트가 페르메이르의 그림 「델프트 전경」 앞에서 발작을 일으켜 사망했다는 소식을 접한다. 그는 샤를뤼스와 사이가 틀어진 베르뒤랭 부부를 찾아간다. 마침내 베르뒤랭 부부는 샤를뤼스와 모렐 사이를 떼어 놓는 데 성공한다. 알베르틴의 새로운 거짓말과 그녀의 동성애에 관한 새로운 사실들이 밝혀지고 나서, 그녀는 화자에게 행선지도 밝히지 않은 채 그의 곁을 떠나며, 프랑수아즈는 이런 사실을 크게 반긴다.

사라진 알베르틴

알베르틴의 행적을 찾아 나선 화자는 그녀가 말에서 떨어져 죽었다는 소식을 접한다. 이야기는 화자의 모순된 태도, 즉 알베르틴의 죽음으로 엄청난 충격을 받았다는 사실과 마치 그녀가 여전히 살아 있다고 생각하는 태도 사이를 오간다. 그의 질투심은 사그라지 않고, 알베르틴이 정말로 동성애자였는지 탐색한다. 그는 스완이 죽고 나서 오데트가 재혼을 해 질베르트 드 포르슈빌이 되어 버린 스완 질베르트를 만난다. 그녀는 생루와 결혼한다.

되찾은 시간

1차 세계 대전이 발발한 지 얼마 되지 않은 시기에 생루는 전선에서 사망한다. 화자는 폭격을 받고 있는 파리에서 동성애자들을 위한 매음굴에 숨어들고, 그곳에서 샤를뤼스가 부랑아들에게 채찍질당하는 장면을 목격한다. 화자는 건강상의 이유로 여러 해 동안 파리를 떠나 있다가 다시금 수도로 돌아와 게르망트 공작부인의 오찬에 초대받는다. 그는 게르망트 저택의 서재에서 여러 과거의 회상들이 떠오르는 가운데 문학에의 소명 의식을 갖게 된다. 그곳에서 그는 믿기 힘든 '얼굴들의 무도회', 즉 자신의 친구 모두가 어느덧 늙어 버린 모습을 지켜보며, 사교계와 시간을 허망하게 보냈던 경박한 삶을 마감하고 위대한 작품의 집필에 전념하기로 결심한다. 즉 독자들이 이제껏 손에 들고 있었고, 이야기가 막바지에 다다른 바로 이 소설을 쓴다.

완벽한 원

여러 고대 문명에 걸쳐 시간과 영원의 상징이었던 '우로보로스'. 문학적 우로보로스인 『잃어버린 시간을 찾아서』는 완벽한 원형 구조를 가지고 있다. 소설의 마지막 단어인 '시간(temps)'은 정확히 1,023,170단어 앞에 등장하는 소설의 첫 단어인 '오랜 시간(longtemps)'에 호응한다. 자신이 환자임을 자각하고 있었던 프루스트는 이미 죽기 한참 전에 자기 소설에 끝이란 단어를 적어 넣었다. 물론 그 안에서부터 분량을 엄청나게 늘려 갔지만 말이다.

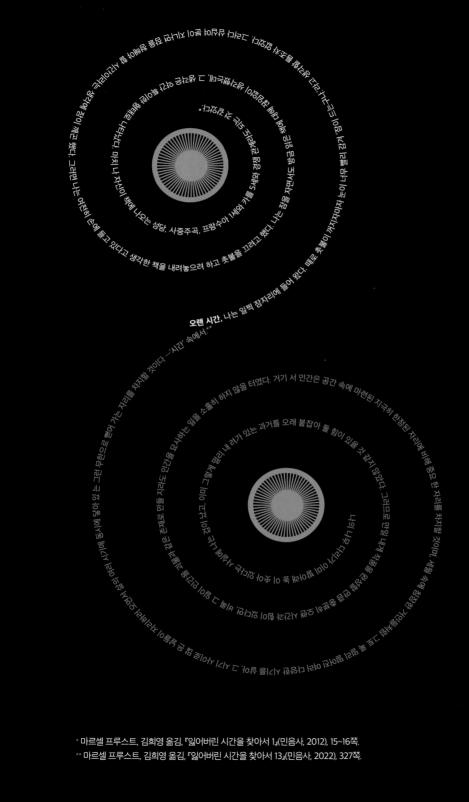

오랜 시간, 나는 일찍 잠자리에 들어 갔다. —시간 속에서.**

* 마르셀 프루스트, 김희영 옮김, 『잃어버린 시간을 찾아서 1』(민음사, 2012), 15~16쪽.
** 마르셀 프루스트, 김희영 옮김, 『잃어버린 시간을 찾아서 13』(민음사, 2022), 327쪽.

7권으로

1922년 11월 18일, 죽음을 맞이한 마르셀 프루스트는 「갇힌 여인」의 교정을 중단할 수밖에 없었다. 사후에 발간된 마지막 세 권은 다른 권들에 비해 쪽수가 빈약하다. 논리적이랄 수 있는데, 왜냐하면 마르셀 프루스트의 특기는 '가필'과 확장에 있었으니 말이다. 이는 그의 모든 집필과 제작 과정에 해당한다. 이렇듯 그의 죽음으로 말미암아 마지막 세 권은 거대한 프레스코화 전체에 비춰 볼 때 프루스트답지 않다고 말할 수 있다.(불과 전체의 33,1퍼센트에 해당한다.)

2399
쪽

『잃어버린 시간을 찾아서』
(갈리마르 출판사,
카르토판, 1999)

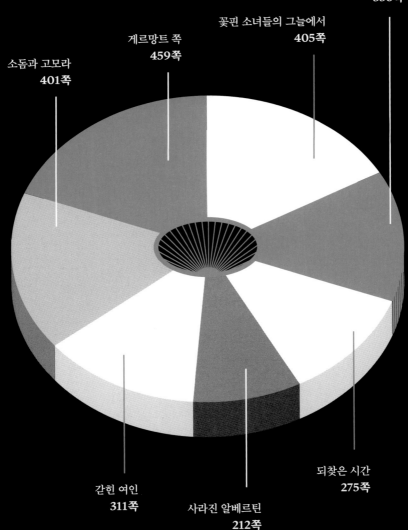

스완네 집 쪽으로
336쪽

꽃핀 소녀들의 그늘에서
405쪽

게르망트 쪽
459쪽

소돔과 고모라
401쪽

되찾은 시간
275쪽

갇힌 여인
311쪽

사라진 알베르틴
212쪽

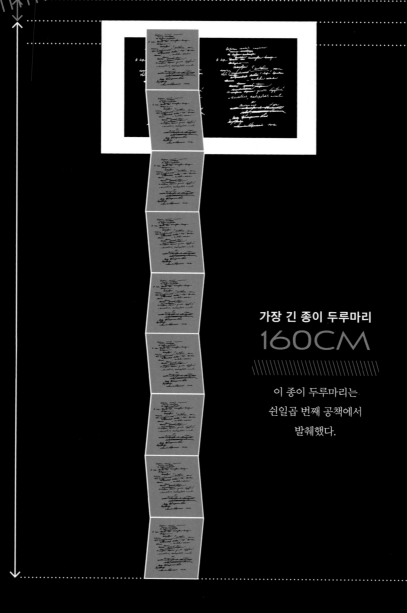

가장 긴 종이 두루마리

160CM

이 종이 두루마리는
쉰일곱 번째 공책에서
발췌했다.

이 종이 두루마리는

거의 작가의 키 높이에 달한다

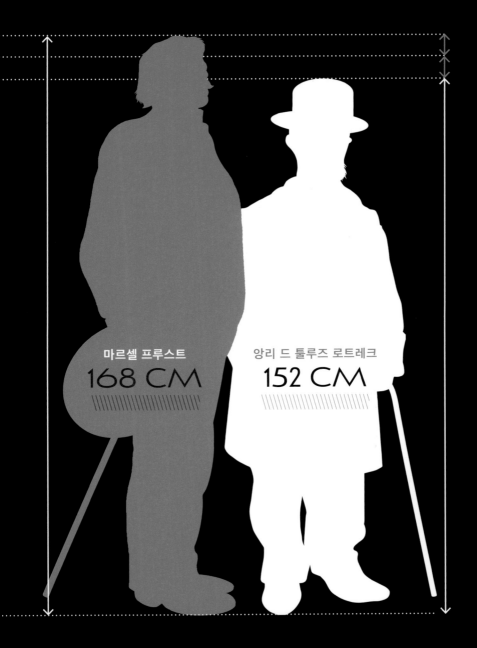

마르셀 프루스트
168 CM

앙리 드 툴루즈 로트레크
152 CM

종이 두루마리 페이퍼롤(Paperole, 또는 paperolle이라 쓰기도 한다.)은 프루스트가 원
고나 교정지에 덧붙인 종이 띠를 일컫는다. 여러 재질(공책, 타자지 등) 위에 가필이
첨가되어 있고, 수직으로 또는 수평으로 펼쳐진다. 종이 두루마리는 작가가 엄청난
공력을 쏟아부었음을 보여 준다.

단어, **단어**, 단어

100만 개가 넘는 단어를 사용한 소설은 그리 많지 않다. 『잃어버린 시간을 찾아서』는 오랫동안 세상에서 가장 긴 세 권의 소설 중 하나로 꼽혔다. 지금은 이 작품보다 긴 소설들이 적지 않다.

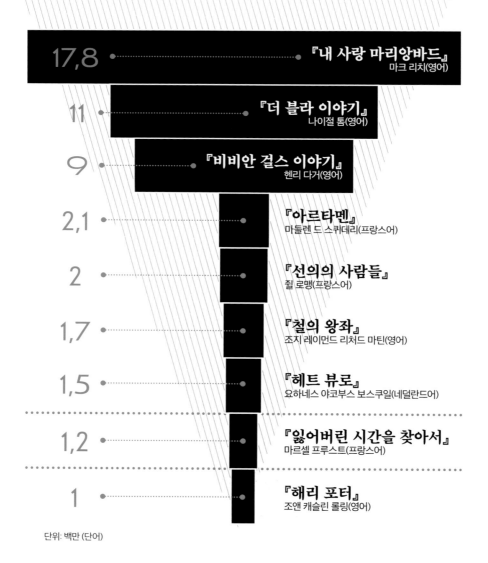

17,8 『내 사랑 마리앙바드』
마크 리치(영어)

11 『더 블라 이야기』
나이절 톰(영어)

9 『비비안 걸스 이야기』
헨리 다거(영어)

2,1 『아르타멘』
마들렌 드 스퀴데리(프랑스어)

2 『선의의 사람들』
쥘 로맹(프랑스어)

1,7 『철의 왕좌』
조지 레이먼드 리처드 마틴(영어)

1,5 『헤트 뷰로』
요하네스 야코부스 보스쿠일(네덜란드어)

1,2 『잃어버린 시간을 찾아서』
마르셀 프루스트(프랑스어)

1 『해리 포터』
조앤 캐슬린 롤링(영어)

단위: 백만 (단어)

되찾은 **시제**

프루스트는 동시대 소설가들에 비해 많은 동사를 사용했다.(1000단어 대비 168개의 동사 vs 1000단어 대비 163개의 동사, 80-81쪽 참조). 프루스트가 사용한 동사는 주로 과거시제였다. 프랑스의 세계적인 언어학자 에밀 벤베니스트가 지적하듯("일인칭 완료시제는 탁월한 자전적 형태다.") 『잃어버린 시간을 찾아서』에서는 "완료동사"라고도 불리는 과거완료시제가 많이 사용되었다. 반면 미래시제는 좀처럼 사용되지 않았지만 「되찾은 시간」에서는 대단히 중요한 위치를 점한다. 화자에게는 앞으로 다가올 작품의 시제이기 때문이다.

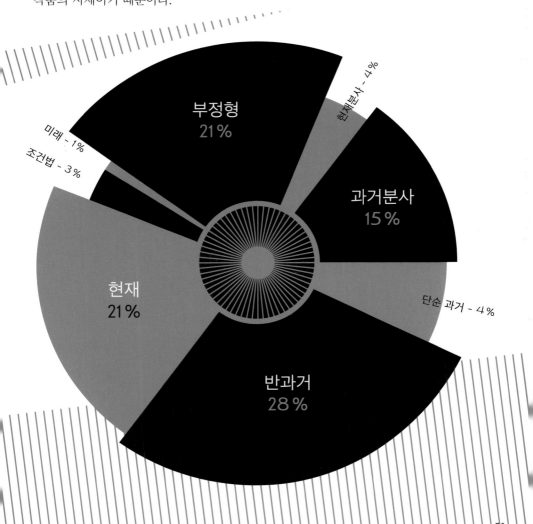

부정형
21%

현재분사 - 4%

과거분사
15%

미래 - 1%

조건법 - 3%

현재
21%

단순 과거 - 4%

반과거
28%

가장 많이 사용된
명사 20개

이 소설의 주된 명사, 특히 1·2위를 차지하는 "부인"과 "씨"는 도미니크와 시릴 라베가 최근 행한 사전학적 연구(2018)에 따르면, 프루스트 소설이 "사회적 지형도"를 강조하기 위해서라고 한다. 이 연구자들은 문학 작품에서보다 구어체나 대화에서 빈번하게 사용되는 "것(chose)"(5위)이란 단어가 예외적으로 중요한 위치를 점하고 있다고 말한다. 논리적으로 볼 때, "시간"이란 단어는 『잃어버린 시간을 찾아서』에서 가장 많이 사용된 단어 중 하나다.

부인
씨
날
여자
것
삶
번
시간
순간
남자
듯
세상
시(時)
눈
사람
아무도
이름
기쁨
사람들

가장 많이 사용된
형용사 10개

도미니크와 시릴 라베는 "**소설의 길이를 가진 모든 프랑스어 텍스트** 중에서 가장 많이 사용되는 두 형용사는 '큰'과 '작은'이다."라고 말한다. 그다음으로 이어지는 단어들은 아름다움과 선의, 진실 따위와 어우러진 '젊음'과 '새로움'을 강조하고자 한 작가의 기호를 드러낸다.

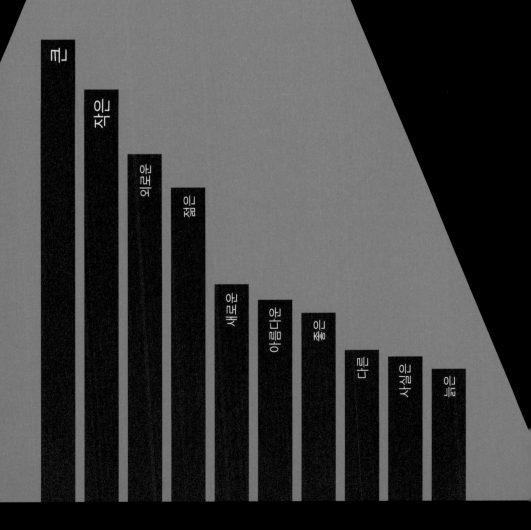

프루스트가 좋아했던
20개 도구로서의 단어

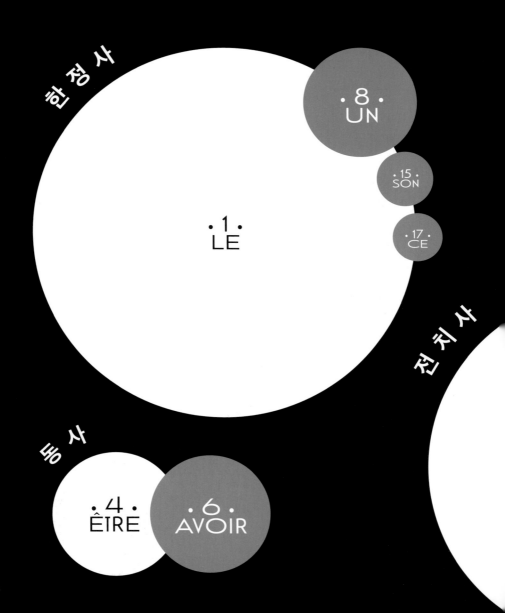

한정사

• 8 •
UN

• 15 •
SON

• 17 •
CE

• 1 •
LE

전치사

동사

• 4 •
ÊTRE

• 6 •
AVOIR

초보자라면 여기 **소개되어 있는 리스트를 보면서,** 명사와 형용사가 부재할 뿐만 아니라 동사도 거의 사용되고 있지 않다는 점에 놀랄 것이다. 프랑스어로 쓰인 여타의 모든 문학 텍스트들도 그렇지만, 『잃어버린 시간을 찾아서』에서도 통사적 역할을 수행하는 도구로서의 단어들이 폭넓게 사용된다.

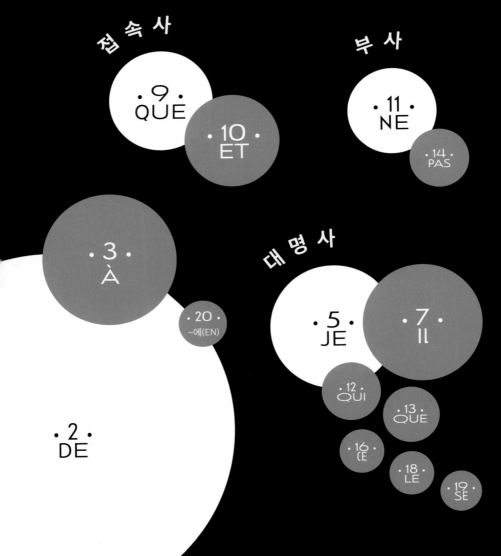

가장 많이 사용된
동사 10개

ÊTRE
이다/ 있다

AVOIR
가지다

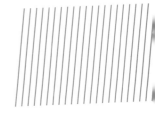

이다/있다(être), 가지다(avoir), 하다(faire)는 어느 정도의 길이를 가진 모든 프랑스어 텍스트에서 공통적으로 가장 많이 사용되는 동사들이다. 『잃어버린 시간을 찾아서』도 예외가 아니다. 명사들의 경우도 그렇지만, 다음에서 볼 수 있듯 이들 동사들의 쓰임새도 작가가 소설을 통해 진실을 파악하고 추구하려는 강한 의욕을 드러낸다.

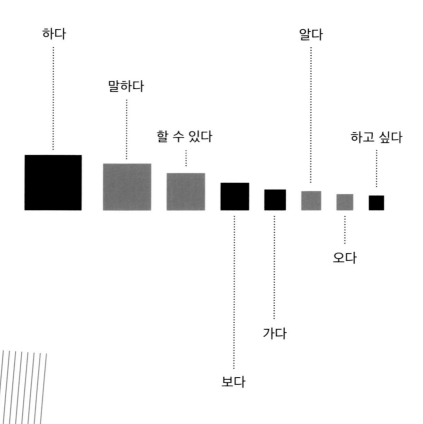

프루스트의 문장은
시간이 흐를수록
길어진다……

|||||||||||||||||||||||||||||||||||||||||||||||||||||||

1896
(발간일)

« Il semblait surtout qu'on voulût l'empêcher d'entendre à force de les ouater de douceur, sinon de les vaincre

"무엇보다 그들은 그가 삶과 이별 중인 육체의 마지막 삐거덕거림을 듣지 못하도록 자신들의 다정한 애무로 그 소리를 막아
(31단어, '발다사르 실방드르의 죽음')

『기쁨과 나날』

1895-1900
(집필 시기)

« Après ce premier élan brisé, Jean entrait dans la salle à manger, dont la douce perspective n'avait pas été du capitaine Fracasse. »

"처음으로 기세가 꺾인 장은 식당 안으로 들어갔다. 그곳의 감미로운 전망은 프라카스 대위의 모험담을 읽는 동안에도

『장 상퇴유』

1913-1927
(발간 시기)

« Mon corps, trop engourdi pour remuer, cherchait, d'après la forme de sa fatigue, à repérer la position de ses où il se trouvait »

"굴신하기에 너무 뻣뻣해진 내 몸은 고단할 때 어떠했는가를 떠올리며, 각각의 신체 부위들이 어떤 자세를 취하고 있었는지
(42단어, 「스완네 집 쪽으로」)

『잃어버린 시간을 찾아서』

1980년에 발표된 **프랑수아 리쇼도의 통계학적 연구**는 프루스트 소설의 비밀을 밝혀 줄 사전학적 탐구를 보완할 토대를 마련했다. 『기쁨과 나날』에서부터 『잃어버린 시간을 찾아서』에 이르기까지의 십칠 년 동안, 프루스트 문장의 길이는 30퍼센트 증가했다. 이 길이는 『잃어버린 시간을 찾아서』를 집필하는 내내 동일하게 유지된다. 한편 사후 발간된 권들의 문장 길이는 상대적으로 약간 짧은데, 만일 프루스트가 살아서 타자 친 원고와 교정지를 작업했더라면 더욱 길어졌으리라 여겨진다.

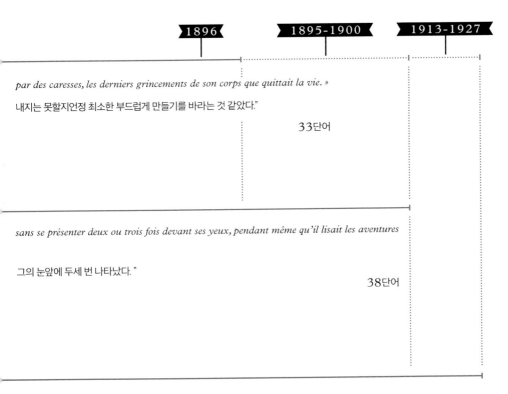

1896

1895-1900

1913-1927

par des caresses, les derniers grincements de son corps que quittait la vie. »
내지는 못할지언정 최소한 부드럽게 만들기를 바라는 것 같았다."

33단어

sans se présenter deux ou trois fois devant ses yeux, pendant même qu'il lisait les aventures

그의 눈앞에 두세 번 나타났다. "

38단어

membres pour en induire la direction du mur, la place des meubles, pour reconstruire et pour nommer la demeure

파악하기 위해 애를 썼다……"

43단어

프루스트 문장의 평균 길이
(단어 수)

프루스트의
짧은 문장

프루스트의
긴 문장

『잃어버린 시간을 찾아서』에서
가장 짧은 문장(한 단어)과 가장 긴 문장(931단어)

"아!"
「스완네 집 쪽으로」

"그들의 유일한 명예는 덧없는 것이며, 그들의 유일한 자유는 죄가 발각될 때까지만 한시적으로 유예된다.: 그들의 유일한 지위도, 마치 전날 런던의 모든 극장에서 박수갈채를 받고 모든 살롱에서 환대를 받은 시인이 다음 날에는 모든 하숙집으로부터 쫓겨나 머리를 누일 베개 하나 없이 삼손처럼 맷돌을 돌리며 "두 성(性)은 각기 따로 죽어 가리니.", 라고 말하듯이 불안정하기만 하다.; 유대인들이 드레퓌스 주위에 모여든 날과 마찬가지로 수많은 사람들이 희생자 주변에 모여드는 가장 불행한 날을 제외하고, 그들은 같은 부류에 속하는 사람들의 호감을 사는 일에서 배제되는데 — 때로는 교제하는 일에서도 — 이런 부류의 사람들은 있는 그대로의 그들 모습을, 더 이상 마음에 들지도, 인정하고 싶지도 않은 온갖 결점을 부각시키는 모습을 거울에 비추듯 보게 해 주어 혐오감을 준다.: 그리하여 그들은 사랑이라고 부르는 것이(또 말장난을 하면서 사교적 감각으로 시(詩)나 음악, 기사도, 고행이 사랑에 덧붙일 수 있는 온갖 것들을 합친 것이) 자신들이 선택한 미의 이상형이 아니라 치유될 수 없는 병에서 비롯된 것임을 인식하게 된다.: 그들은 또한 유대인처럼(자기와 같은 종족만을 사귀고 항상 의례적인 말이나 관습적인 농담만을 일삼는 몇몇 사람들은 제외하고) 서로를 피하고, 그들과 가장 대립적인 사람들이나 그들을 원치 않을 사람들만 찾으면서, 그 사람들이 거절하면 용서

하고 호의를 베풀면 열광한다.: 그러나 또한 그들에게 가해진 도편 추방제와, 그들이 처한 치욕적인 상태로 인해 자기들과 같은 부류의 사람들하고만 함께 모이며, 끝내는 이스라엘에 가해진 것과 흡사한 박해로 인해, 한 종족이 가지는 그런 육체적이고 정신적인 성격을 — 때로는 아름답고 대개는 추악한 — 갖게 되는데, 그 결과 그들은 같은 부류의 사람들과 교제할 때만 긴장이 풀리고(그들과 가장 대립된 부류에 보다 많이 섞이고 더 깊이 동화되어, 외관상으로는 가장 성도착자처럼 보이지 않는 사람이 그보다 더 심하게 성도착자로 남아 있는 사람에게 온갖 야유를 퍼붓는데도 불구하고), 거기서 삶의 버팀목을 발견하기까지 하는 바, 그들은 자신들이 하나의 종족이라는 사실을 부인하면서도(그런 종족의 이름으로 불리는 게 최대의 치욕인) 그 종족임을 은폐하는 데 성공한 자의 가면을 벗기는 일은 서슴지 않는데, 마치 의사가 맹장염을 찾아내듯 역사 속에서 성도착자를 찾아내어 이스라엘인이 예수를 유대인이라고 말하면서 기뻐하는 것처럼, 소크라테스가 그들과 같은 부류임을 환기하면서 기뻐한다.: 그들은 동성애가 정상이었던 시절에는 비정상적인 인간이 없었으며, 그리스도 이전에는 반그리스도인이 존재하지 않았으며, 또 치욕만이 죄악을 만들어 낸다는 사실을 꿈에도 생각하지 못하는데, 왜냐하면 이 악덕은 모든 설교나 사례와 처벌에도 굴하지 않고, 지나치게 특별한 그들의 타고난 기질 탓에 그 악덕과 대립되는 도둑질이나 잔혹과 불성실 같은, 보통 사람들에게서 보다 잘 이해되고 따라서 면죄부를 받은 몇몇 악덕보다 타인들에게 더 혐오감을 불러일으키는 그런 자들만을 살아남게 했기 때문이다.(물론 이 악덕에는 보다 고귀한 미덕이 수반되기도 한다.): 그들은 프리메이슨 단원들이 모시는 비밀 집회보다도 더 광범위하고 효율적이며 의심을 덜 받는 비밀 결사단을 조직하는데, 그 이유는 이 결사단이 동일한 취향이나 필요, 습관, 위험, 수련, 지식, 어휘 등에 존재하고 있어, 소속된 단원들이 서로를 알아보고 싶지 않을 때에도 즉시 자연스럽게, 혹은 자발적이거나 비자발적인 묵계에 따라 서로를 알아보게 하기 때문인데, 예컨대 거지는 마차 문을 닫아 주는 대귀족에게서, 아버지는 딸의 약혼자에게서, 병을 고치고 싶은 자와 고해 성사를 보고 싶은 자와 자신을 변호해야만 하는 자는 각기 자신이 찾아간 의사와 신부와 변호사에게서 같은 부류의 사람을 알아본다.: 왜냐하면 이런 소설적이고 시대착오적인 삶에서는 대사(大使)가 수형자의 친구이며, 대공이 귀족 교육이 부여하는 자유분방한 태도로(소시민이라면 몸이 떨려 감히 시도해 보지도 못할) 대공 부인의 댁에서 나오자마자 불량배와 협의하러 가기 때문인데, 인간 집단으로부터 배척받은 부분이긴 하지만 의미 있는 부분으로, 그들이 있을 것으로 의심되는 곳에는 존재하지 않고, 그들의 존재를 짐작조차 할 수 없는 곳에서는 처벌도 받지 않은 채 무례하게 자신을 드러낸다.: 이 집단의 단원들은 민중이나 군대, 신전, 감옥, 왕좌 등 도처에 존재한다.: 그런 부류의 사람들을 자극하고, 자신의 악덕을 마치 자기 것이 아닌 양 상대방과 얘기하며 장난치는데, 이런 장난은 상대방의 무분별한 행동이나 잘못으로 조련사가 맹수에게 잡아먹히는 스캔들이 터지는 날까지 몇 해 동안 계속된다.: 그러나 그때까지는 그들의 삶을 숨겨야 하고, 보고 싶은 것에서 시선을 돌려야 하고, 보고 싶지 않은 것에 시선을 고정해야 하며, 악덕이나 부적절하게도 사람들이 그렇게 부르는 것이, 타인에 대해서가 아니라 바로 자신에 대해 부과하는 내적 구속에 비하면 그래도 가볍게 느껴지는 까닭에 그들의 눈엔 악으로 보이지 않는다."

「소돔과 고모라」[44]

프루스트의
문장

||||||||||||||||||||||||||||||||||

문자의 너비

■ 단어 1개

← 단어 931개

프루스트 문장의 단어 수 중간 값 ❶ : 단어 26개

일반 문장의 단어 수 중간 값 : 단어 20개

프루스트 문장의 단어 수 평균 값 : 단어 36개

가장 빈도수 높은 프루스트 문장의 단어 수 ❷ : 단어 11개

폴 부르제 : 단어 7개

아나톨 프랑스 : 단어 8개

12,5 %   **4,5 %**   **9,7 %**

폴 부르제:
단어 1개에서부터 단어 5개
사이에 위치하는 문장 비율은
12,5%다.

아나톨 프랑스:
단어 1개에서부터 단어 5개
사이에 위치하는 문장 비율은
9,7%다.

프루스트:
단어 1개에서부터 단어 5개 사이에 위치하는 문장 비율은 4,5%다.
(폴 부르제보다는 3배 낮고, 아나톨 프랑스보다는 2.2배 낮은 비율이다.)

프루스트가 구사하는 문장의 기나긴 길이는 이제 전설이 되었다. 시릴과 라베는 만연체 문장이 『잃어버린 시간을 찾아서』에 매우 빈번하게 등장한다고 지적한다.(1800년에서 1920년 사이에 발표된 116편의 소설과의 비교: 179쪽을 참조할 것) 이 소설을 읽는 독자들은 소설의 절반 이상에서 50개의 단어를 넘어서는 문장들을 접하게 된다. 물론 프루스트의 기나긴 문장에 버금가는 문장을 소설에서 썼던 위스망스나 바르베 도르비이[45] 또는 공쿠르 형제[46] 등의 작가들도 존재하긴 하지만, 『잃어버린 시간을 찾아서』와 견줄 만한 그 밖의 글은 드문 경우다.

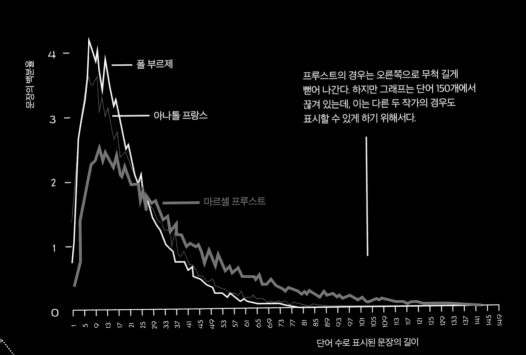

5 —

4 —

폴 부르제

아나톨 프랑스

3 —

문장의 빈도율

프루스트의 경우는 오른쪽으로 무척 길게 뻗어 나간다. 하지만 그래프는 단어 150개에서 끊겨 있는데, 이는 다른 두 작가의 경우도 표시할 수 있게 하기 위해서다.

2 —

마르셀 프루스트

1 —

0 —

1 5 9 13 17 21 25 29 33 37 41 45 49 53 57 61 65 69 73 77 81 85 89 93 97 101 105 109 113 117 121 125 129 133 137 141 145 149

단어 수로 표시된 문장의 길이

❶ 프루스트는 문장의 절반에서 단어 26개보다 적게 사용하고, 다른 절반에서는 26개보다 많이 사용한다.

❷ 빈도수가 가장 많은 프루스트는 다른 작가들에 비해 훨씬 다양한 형태의 장문을 구사했다. 문장들이 길었을 뿐 아니라 그 빈도도 높았다.

훔쳐보는 눈, 프루스트

||||||||||||||||||||||||||||||||||||||||||||||||||||||||||||||||||||||||||||

『잃어버린 시간을 찾아서』에서 **시각**은 본연의 의미로나 비유적인 의미에서나 **핵심적이다.** 프루스트가 소설에서 환기하는 모든 감각 중에서 시각은 가장 중요한 감각이다. 화자는 끊임없이 구경꾼이나 훔쳐보는 사람의 위치를 점하며, 그가 들려주는 이야기에는 시각적 은유와 시선이란 단어가 넘쳐 난다. 요컨대 작가 내지는 화자의 소설 미학은 "아주 먼 거리에 떨어져 있어서 아주 작게 보이지만, 제각기 하나의 세계를 이루고 있는 대상들을 보기 위한 망원경"을 사용하는 천문학자의 그것이다.

||||||||||||||||||||||||||||||||||||||||||||||||||||||||||||||||||||||||||||

관찰하다

지각하다 관점

이미지

눈 다시 보다

관찰 장님

사진

눈

시선

지켜보다

볼 등하다

긴 산문시
'처럼'

프루스트가 『잃어버린 시간을 찾아서』에서 가장 많이 사용한 단어들 중에서 '처럼/같은/~하듯'은 특별한 자리를 차지한다. 소설이 들려주는 이야기는 문자 그대로 비교들로 넘쳐 난다. '처럼(comme)'이란 단어는 매 부분들, 사람들, 예술 작품, 동물, 식물 또는 감정 따위를 비교하기 위해 사용된다. 매우 대담하고 놀라운 방식으로 사용되곤 하는 이 같은 역동적 접근법, 대단히 보들레르적인 상응 방식은 프루스트 예술이 병렬과 이중 인화의 시학이고 대칭의 예술이란 사실을 보여 준다.

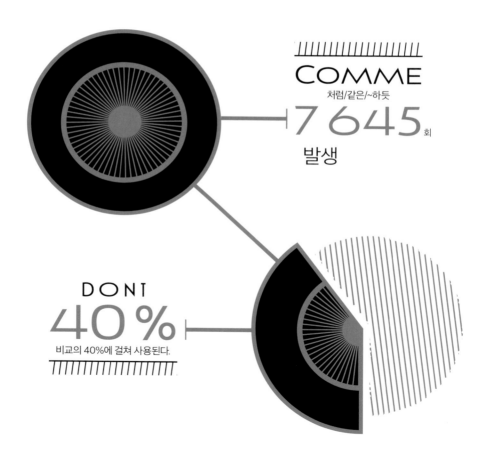

COMME
처럼/같은/~하듯
7645회
발생

DONT
40%
비교의 40%에 걸쳐 사용된다.

몇몇 사례들

" "나는 **마치** 우리 어린 시절의 볼 **같은**
통통하고 신선한 베개의 아름다운 볼에
내 볼을 감미롭게 부볐다."

「스완네 집 쪽으로」

" "낮 동안에는 좀 더 특징적이고 좀 더
고정된 형태를 나타내는
흰 조각구름에 불과한 달이
태양이 꺼지고 나면 맹위를 **떨치듯**,
그렇게 내가 호텔로 돌아오자
내 가슴속에서 떠오르며 빛나기 시작한
것은 오로지 알베르틴의 이미지였다."

「꽃핀 소녀들의 그늘에서」

" "정직하면서도 거친 사내인 편집부원은,
첫 삽을 뜨지도 않았는데
여러분의 집이 완성되기라도
한 듯 약속하는 건축가**처럼**,
거짓말을 할 따름이다."

「갇힌 여인」

" 샤를뤼스 씨가 커다란 말벌**마냥**
문지방을 넘어서는 바로 그 순간,
진짜 말벌이 중정 안으로 들어왔다.

「소돔과 고모라」

" 우리는, **마치** 수녀가 묵주를 다루듯,
공중팽이를 만지작거리는 알베르틴과
(……) 합류했다.

「꽃핀 소녀들의 그늘에서」

" "(……) 왜냐하면 이곳에 여분의 종이를 핀으로 꽂아" 놓음으로
써 내 책은 완성될 테지만, 감히 그 책이 성당 **같다**고, 그저 드레
스 **같다**고는 말하지 못할 것이기 때문이다."

「되찾은 시간」

스완네 집 쪽으로

게르망트 쪽

꽃핀 소녀들의 그늘에서

소돔과 고모라

『잃어버린 시간을 찾아서』의 외국어 번역 중 하나인 중국어 번역은 소설의 제목을 문자 그대로 "흐르는 물처럼 시간의 기억을 따라가다"로 삼고 있다. 『잃어버린 시간을 찾아서』는 그 길이며 그 특별한 흐름과 유량(流量)으로 보건대 대하소설의 원형을 이룬다. 실제로 이 소설이 강이었다면 그 길이는 얼마나 될까? 『잃어버린 시간을 찾아서』에 등장하는 모든 단어들의 끝을 이어 붙이면 소설의 총길이는 10,3킬로미터에 달한다.

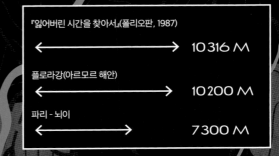

『잃어버린 시간을 찾아서』(폴리오판, 1987)

10 316 M

플로라강(아르모르 해안)

10 200 M

파리 - 뇌이

7 300 M

갇힌 여인

사라진 알베르틴

잃 어 버 린 시 간 을 찾 아 서

되찾은 시간

『잃어버린 시간을 찾아서』는
끝이 없는 책?

시간이 주제인 이 엄청난 소설을 모두 읽으려면 시간이 얼마나 걸릴까? 인터넷에 실제 독서 현실과는 동떨어진 터무니없는 수치들이 떠돈다. 『잃어버린 시간을 찾아서』를 낭독할 때의 속도는 소리 내지 않고 읽을 때의 속도와 거의 같다. 전문 배우가 소설 전체를 낭독하는 오디오북(텔렘판)의 경우 127시간 47분이 소요된다. 비전문가에 의한 낭독이라면 여기에 세 시간에서 다섯 시간가량을 더해야 할 것이다. 요컨대 이 소설을 매일 두 시간씩 읽을 경우 처음부터 끝까지 읽으려면 두 달 남짓한 시간이 소요된다.

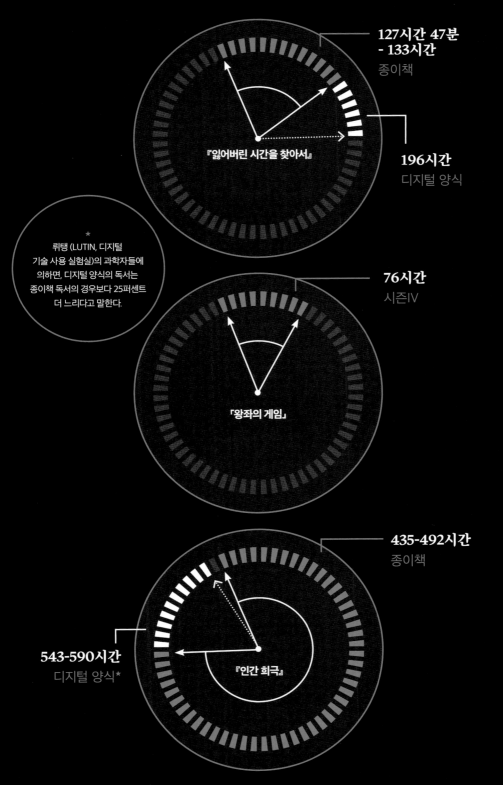

127시간 47분
- 133시간
종이책

196시간
디지털 양식

★
뤼탱 (LUTIN, 디지털
기술 사용 실험실)의 과학자들에
의하면, 디지털 양식의 독서는
종이책 독서의 경우보다 25퍼센트
더 느리다고 말한다.

『잃어버린 시간을 찾아서』

76시간
시즌IV

「왕좌의 게임」

435-492시간
종이책

543-590시간
디지털 양식*

『인간 희극』

쉼표가 많이 찍힌
소설

||||||||||||||||||||||||||||||||||

프루스트 소설을 읽는 독자들이라면 이런 사실을 느끼고 또 알고 있을 것이다. 바로 『잃어버린 시간을 찾아서』의 작가가 삽입절을 즐기며, 쉼표나 괄호, 특히 그의 집필 버릇이자 등록 상표와도 같은 줄표를 이용하여 소설 내에서 문장 전체를 고립시키길 좋아한다는 사실을 말이다. 괄호와 줄표는 2400쪽(카르토판)에 걸쳐 무려 5366번이나 사용되고 있는데, 이는 평균적으로 한쪽 당 2.2번에 해당한다.

쉼표
99106번

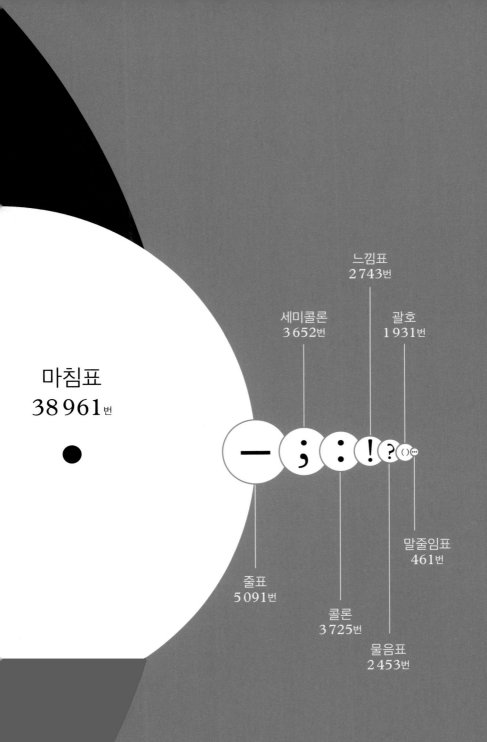

마침표
38 961번

세미콜론
3 652번

느낌표
2 743번

괄호
1 931번

줄표
5 091번

말줄임표
461번

콜론
3 725번

물음표
2 453번

주요
등장인물들

『잃어버린 시간을 찾아서』에는 **잠시 등장했다가 사라지거나, 또는 지속적으로 등장한다거나 하는 인물들**이 무려 2500명에 달한다. 알베르틴은 논리적으로 볼 때 무척이나 자주 등장해야 하는데, 「갇힌 여인」이 거의 온전히 그녀에게 바쳐지는 권일뿐더러 「사라진 알베르틴」에서도 떠나지 않고 배면을 맴돌고 있기 때문이다.
『잃어버린 시간을 찾아서』에 등장하는 세 명의 예술가들(베르고트, 엘스티르, 뱅퇴유)은 각기 300회 정도 등장하며, 서로 유사한 점유율을 나타낸다.

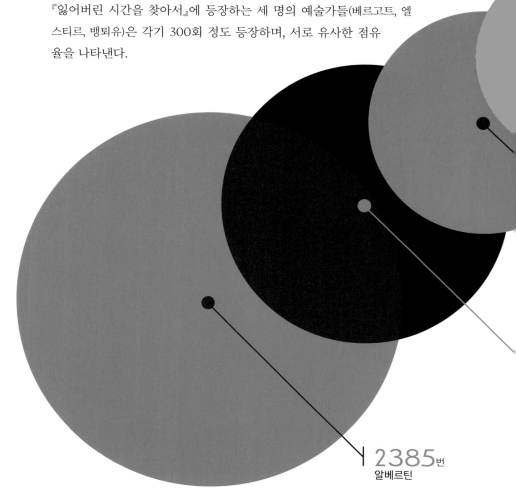

2385번
알베르틴

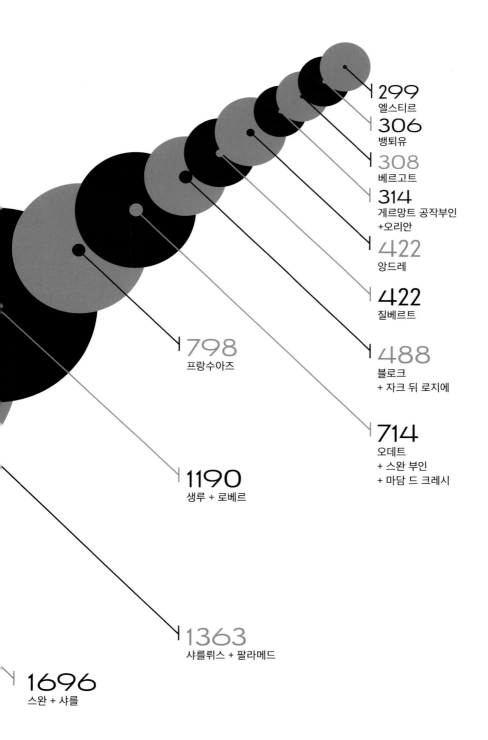

299
엘스티르

306
뱅퇴유

308
베르고트

314
게르망트 공작부인
+오리안

422
앙드레

422
질베르트

488
블로크
+ 자크 뒤 로지에

714
오데트
+ 스완 부인
+ 마담 드 크레시

798
프랑수아즈

1190
생루 + 로베르

1363
샤를뤼스 + 팔라메드

1696
스완 + 샤를

되찾은 시간 가(街)

프루스트는 **발자크와 달리** 묘사와 지형학적 디테일에 인색했다. 파리의 대귀족들이 대부분 포부르생제르맹에 거주했음에도 불구하고, 등장인물들이 특정 공간, 더욱이 파리 어느 특정 공간과 결부되어 소개되는 경우는 거의 없다. 마찬가지로 화자가 어디 사는지 말할 수 있는 사람이 있을까? 알 수 없다.

1. **샤를뤼스**: 쉬매 저택, 바렌가 59번지, 파리 7구
2. **닥터 코타르**: 뒤 박가 43번지, 파리 7구
3. **오데트**: 라페루즈가 4번지, 파리 16구
4. **아돌프 숙부**: 말레르브 대로 40번지 2호, 파리 8구
5. **샤를 스완**: 오를레앙 둑길, 파리 4구
   이후 샹젤리제 구역, 파리 8구
6. **베르뒤랭 부부**: 몽탈리베가, 파리 8구
   이후 콩티 둑길, 파리 6구
7. **게르망트 공작 부부**: 생토귀스탱 구역, 파리 8구
8. **게르망트 대공 부부**: 바렌가, 파리 7구
9. **생퇴베르트 후작부인, 파름 공주**: 포부르생제르맹, 파리 6·7구

스완 대 샤를뤼스

매력적인 샤를 스완과 예측 불가능한 인물인 샤를뤼스 중 누가 지면을 통한 명성의 결투(『잃어버린 시간을 찾아서』의 주석, 연구, 다양한 판본 등; 182쪽을 참조할 것.)에서 승리할까? 두 인물을 나타내는 곡선이 상충하는 가운데, 마치 유대인과 반유대주의자, 또는 여성을 유혹하는 매력남과 동성애자를 끊임없이 비교라도 하듯 완벽한 평행을 이루기도 한다. 두 곡선이 정점에 달하는 때는 비평이 이 두 인물의 비밀을 여는 열쇠를 찾아 나서는 때이거나, 정반대로 시대에 뒤진 이런 식의 접근법을 멀리하고자 했던 때다.

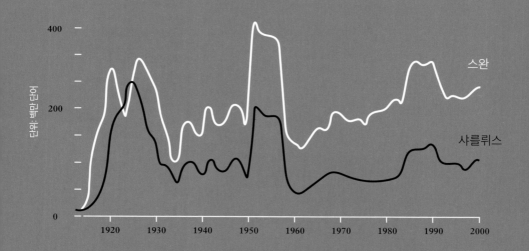

ON

NOL

리

나를 찾아 나선
위대한 책

식에 관한 탁월한 소설인 『잃어버린 시간을 찾아서』는
 완전히 일인칭으로 쓰인 소설인데, 프루스트는 화자 뒤
 보는 이들에 맞서서 "내가 아닌 나"를 내세운다. 하지만
 알베르틴이 다섯 차례에 걸쳐 "마르셀"이라고 부른다.
망함으로써 전체적으로 미처 교정을 볼 수 없었던 권이
 대명사는 "우리(nous, 나+타인들)"와 "사람들(on)"인데,

르고트

//////////////

5 % 마르셀 프루스트

10 % 앙리 베르그송[47]

10 % 모리스 바레스[48]

10 % 존 러스킨[49]

10 % 안나 드 노아유[50]

10 % 폴 부르제

45 % 아나톨 프랑스[51]

作가

황: 미상

격적 특성: 관대하며, 대단히 부드러운

소지자다. 하지만 불면증으로 인해 성마른

돌출하기도 한다. 화자는 베르고트 작품을 무척

다. 스완이 그에게 베르고트를 소개할 때, 화자는 그의

평범해 조금 실망하기도 한다. 이내 두 사람은 친구 사이가 되어, 단어들과 또 이 단어들이 현실과

는 관계에 대해 의견을 나눈다. 페르메이르 그림의 노란 벽이 이루는 작은 띠를 목전에 둔 채 죽

프루스트의 인물들은 다양한 실존 모델들이 조합된 **모자이크**다. 그는 이렇게 썼다. "이 책의 등장인물들에 대한 비밀의 열쇠는 없다. 한 인물을 구축하기 위해 여덟 명이나 열 명의 모델들이 존재하는 셈이다." 비록 열쇠는 존재하지 않지만, 작가에게는 마치 화가 앞에서 모델이 포즈를 취하듯 포즈를 취하는 여러 명의 모델들이 있는 셈이었다.

뱅퇴유
|||||||||||||

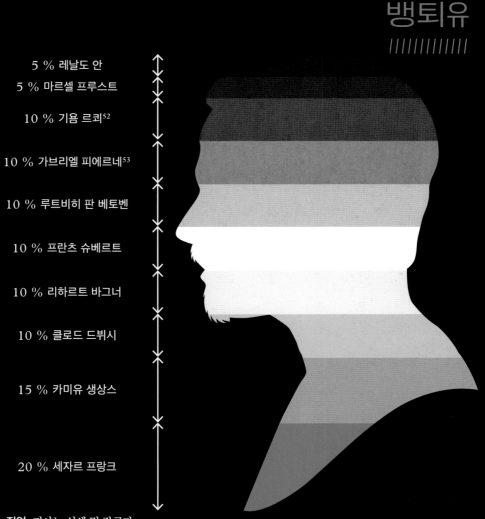

5 % 레날도 안

5 % 마르셀 프루스트

10 % 기욤 르쾨[52]

10 % 가브리엘 피에르네[53]

10 % 루트비히 판 베토벤

10 % 프란츠 슈베르트

10 % 리하르트 바그너

10 % 클로드 드뷔시

15 % 카미유 생상스

20 % 세자르 프랑크

직업: 피아노 선생 및 작곡가
가족 상황: 뱅퇴유 양의 아버지
주요 성격적 특성: 엄격하고, 점잖으면서도 근엄한 남성

콩브레에서 화자의 이모할머니를 가르쳤던 피아노 선생인 뱅퇴유는 파리에서 이름을 크게 떨치는 작곡가가 된다. 특히 그의 소나타 중 하나는 베르뒤랭네 사교계에서 그에게 큰 영광을 안긴다. 이 소나타의 '소악절'은 스완과 오데트 사이의 사랑을 기리는 '국가'가 된다.

샤를 스완

||||||||||||||||

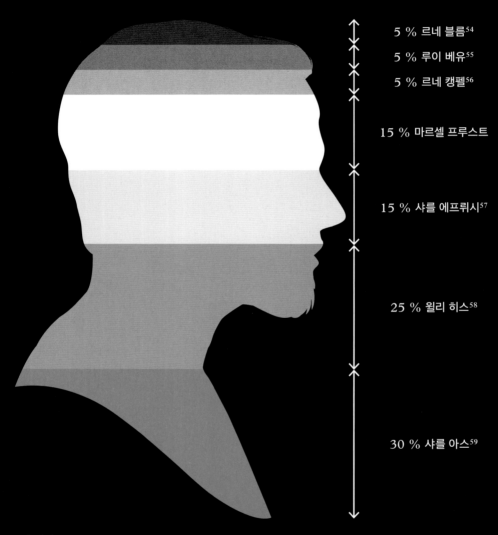

5 % 르네 블름[54]

5 % 루이 베유[55]

5 % 르네 캥펠[56]

15 % 마르셀 프루스트

15 % 샤를 에프뤼시[57]

25 % 윌리 히스[58]

30 % 샤를 아스[59]

출생년도: 1842

가족 상황: 오데트 드 크레시와 결혼, 질베르트의 아버지

주요 성격적 특성: 부유하고 우아한 댄디, 대단한 예술 애호가

화자의 가정에 출입하던 당시엔 점잖은 환전상의 아들이었던 스완은 포부르생제르맹의 최고급 인사들과 친구 사이임이 밝혀진다. 화자를 사교계와 예술로 이끄는데, 화자는 스완이 암으로 죽기 전까지 파리의 여러 사교계에서 그와 수차례 마주친다.

오데트 드 크레시

|||| 이후 오데트 스완 / 이후 오데트 드 포르슈빌 ||||

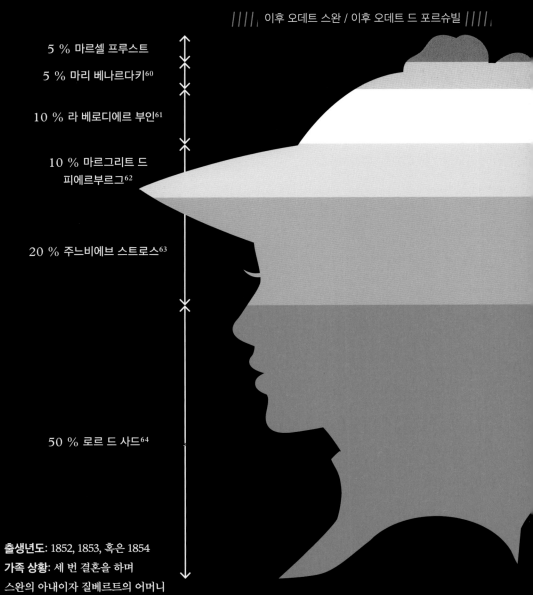

5 % 마르셀 프루스트

5 % 마리 베나르다키[60]

10 % 라 베로디에르 부인[61]

10 % 마르그리트 드 피에르부르그[62]

20 % 주느비에브 스트로스[63]

50 % 로르 드 사드[64]

출생년도: 1852, 1853, 혹은 1854

가족 상황: 세 번 결혼을 하며 스완의 아내이자 질베르트의 어머니

주요 성격적 특성: 우아하고, 야심을 가졌으며, 영국풍을 좋아한다.

어두운 과거 시절에는 고급 창부이자 연극 배우였던 오데트는 베르뒤랭네 사교계에서 스완을 만난다. 오데트를 사랑하면서도 소유욕이 날로 커져만 갔던 스완은 결국 그녀와 결혼하게 되지만, 그녀가 여전히 남녀를 가리지 않고 바람을 피운다는 의심을 떨치지 못하며 그녀에게 병적인 질투심을 품는다. 그녀는 스완이 죽고 나서 포르슈빌과 재혼하지만, 그녀의 일탈 행위는 멈출 줄 모른다.

팔라메드, 샤를뤼스 남작

||||||||||| 팔라메드 드 게르망트 |||||||||||

5 % 마르셀 프루스트

5 % 루이 나폴레옹 드페르[65]

10 % 사강 왕자[66]

20 % 자크 도아장[67]

60 % 로베르 드 몽테스키우[68]

출생년도: 1839 혹은 1845

가족 상황: 홀아비

별명: 가까운 사람들은 "메메"라
부르고, 그의 시누이는 "타르퀴니우스
스페르부스"라 부르고, 쥐피앵은 "나의 귀여운
쌍판"이라 부른다.

주요 성격적 특성: 교양 있고, 거만하며, 화를 잘 낸다. 샤를뤼스는 화자를 발베크에서 만나고, 이후 파리의 빌파
리지 부인의 사교계에서 만난다. 은밀한 동성애자이자 맹렬한 반유대주의자다. 무시무시한 입담을 가진 불같은
인물이다. 그는 처음엔 조끼 장인인 쥐피앵을 애인으로 삼았다가 이후 음악가인 모렐과 사귄다. 전쟁 중에 화자
는 동성애자들을 위한 매음굴에서 그의 사도마조히즘 장면과 마주친다.

오리안, 게르망트 공작부인

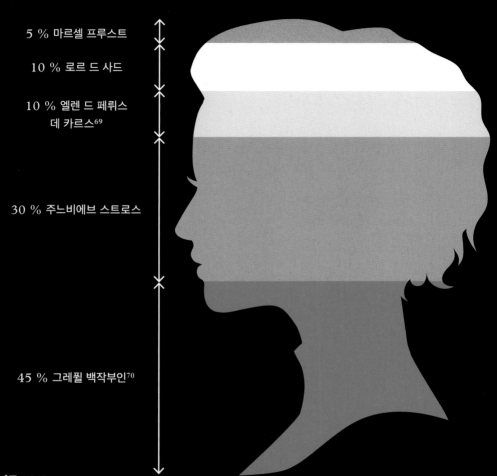

5 % 마르셀 프루스트

10 % 로르 드 사드

10 % 엘렌 드 페뤼스
데 카르스[69]

30 % 주느비에브 스트로스

45 % 그레퓔 백작부인[70]

출생년도: 1842

가족 상황: 사촌인 바쟁, 게르망트 공작과의 결혼

주요 성격적 특성: 재치 있고, 품위가 있음. 자신만만하며, 잔인성을 드러내기도 한다.

작위: 롬 공주, 게르망트 공작부인

포부르생제르맹에 군림하는 여왕이자 프랑스 정신을 구현하는 인물인 그녀는 화자의 판타지 대상이기도 하다. 화자는 오랫동안 오리안에게 접근할 수 없었다. 마침내 화자가 그녀에게 소개되는 그날부터 그녀에게 품었던 매력이 사라진다. 그녀의 남편은 끊임없이 바람을 피우며 그녀를 속이지만, 그녀는 언제나 평온한 표정을 유지하려고 애쓰면서도 고약한 성질을 드러내기도 한다.

프랑수아즈

|||||||||||||||||||||||

5 % 마르셀 프루스트

15 % 에르네스틴 갈루
(마르셀 프루스트의
삼촌의 요리사)[71]

30 % 셀레스트 알바레

50 % 펠리시 피토
(아드리앵과 잔 프루스트의 하녀)[72]

출생년도: 1830
가족 상황: 할머니
주요 성격적 특성: 강인한 성격을 가졌고, 민중적 상식의 화신인 그녀는 충직한 하녀이자 뛰어난 요리사다. 애초 콩브레에서 레오니 숙모를 섬기다 이후 화자의 부모님댁 하녀로 들어와 파리에 정착한다. 여름엔 화자와 할머니와 함께 발베크까지 따라간다. 파리에서 그녀는 화자의 집에 정착한 알레르틴을 못마땅하게 여기고, 그녀가 집을 나가자 쾌재를 부른다. 그럼에도 그녀는 평생토록 화자를 충직하게 섬긴다.

||||| 알베르틴 시모네 |||||

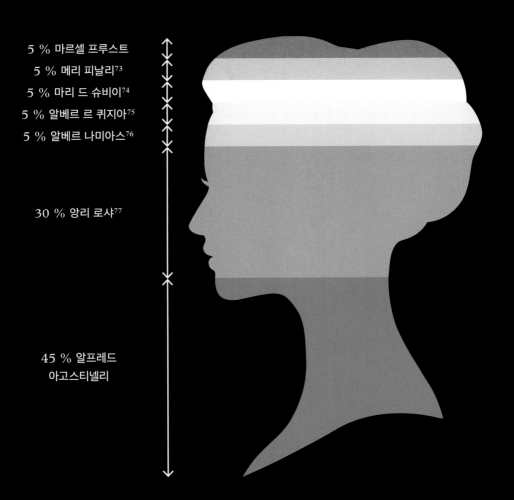

5 % 마르셀 프루스트
5 % 메리 피날리[73]
5 % 마리 드 슈비이[74]
5 % 알베르 르 퀴지아[75]
5 % 알베르 나미아스[76]

30 % 앙리 로샤[77]

45 % 알프레드
아고스티넬리

출생년도: 1880, 1881 혹은 1882
가족 상황: 미혼
주요 성격적 특징: 지적이지만, 버릇이 없다.

발베크에서 엘스티르를 통해 서로를 알게 된 알베르틴과 화자는 친구가 되고, 이내 연인 관계로 발전한다. 소유욕에 불타고, 스완을 연상케 하는 질투심을 나타내는 화자는 알베르틴을 파리의 자기 아파트에 감금하고, 그녀를 앙드레로부터 떼어 놓기 위해 선물을 안겨 환심을 사려 한다. 알베르틴은 투렌 지방으로 도망을 가고, 말에서 떨어져 죽는다.

로베르, 생루 후작

'//////// 로베르 드 마르상트 '////////

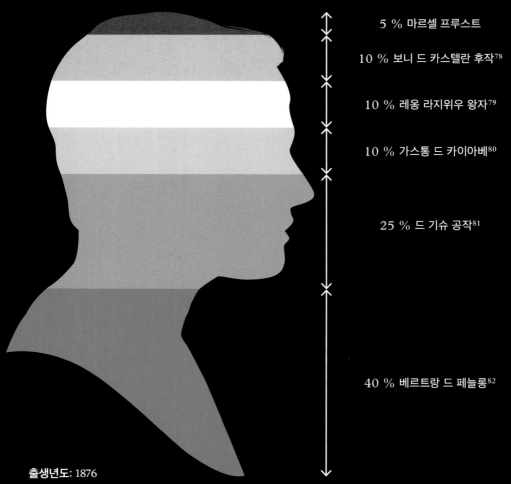

5 % 마르셀 프루스트

10 % 보니 드 카스텔란 후작[78]

10 % 레옹 라지위우 왕자[79]

10 % 가스통 드 카이아베[80]

25 % 드 기슈 공작[81]

40 % 베르트랑 드 페늘롱[82]

출생년도: 1876

가족 상황: 질베르트 스완과 결혼

주요 성격적 특성: 특이한 미모를 가진 품위 있는 젊은이. 명석하고 교양 있으며 사회 계층에 대한 아무런 편견도 가지고 있지 않다.

화자의 친구인 생루는 라셸을 미친 듯이 사랑하고, 소뮈르 기병학교 입학을 준비한다. 그의 가족은 그와 라셸과의 관계를 탐탁지 않게 여겨 헤어지라고 종용한다. 나중에 생루는 질베르트 스완과 결혼하지만, 그녀를 속이고 자주 바람을 피우는데, 특히 샤를뤼스의 옛 애인이던 바이올리니스트 모렐과 동성애 관계를 맺는다. 그는 1918년 전선에서 영웅적으로 싸우다 전사한다.

알베르 블로크

||||||||||||||||||||||||||||

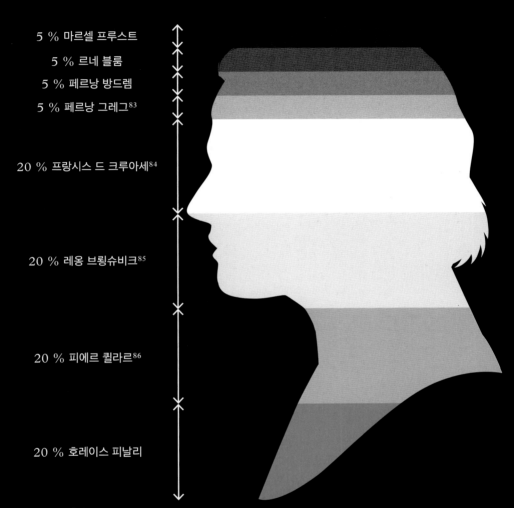

5 % 마르셀 프루스트

5 % 르네 블룸

5 % 페르낭 방드렘

5 % 페르낭 그레그[83]

20 % 프랑시스 드 크루아세[84]

20 % 레옹 브륑슈비크[85]

20 % 피에르 퀼라르[86]

20 % 호레이스 피날리

출생년도: 1974 혹은 1875

가족 상황: 미혼

가명: 자크 뒤 로지에

주요 성격적 특성: 강인하고, 건방지며, 관대하면서도 아주 저속한 성격이다. 화자의 급우이자 그의 멘토다. 그는 화자를 매음굴로 데려가는데, 화자는 그곳에서 생루와 약혼하게 될 라셸과 마주친다. 드레퓌스 옹호파이자 애국자인 블로크는 징병 통지서를 받는 바로 그날 반군국주의자로 변신한다. 나중에 주목받는 작가가 되며, 자신이 유대인이란 사실을 부인하며 자크 뒤 로지에로 개명한다.

엘스티르

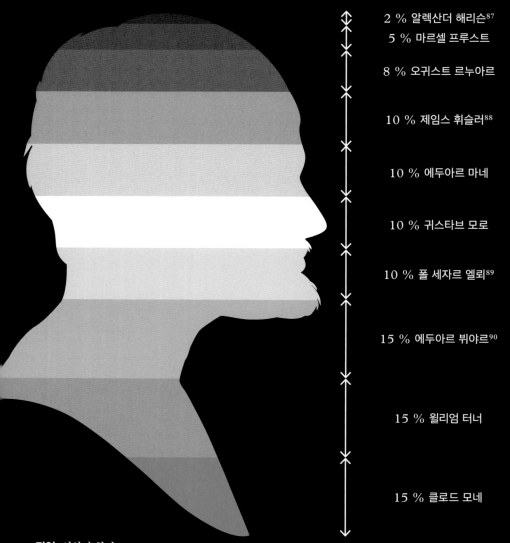

2 % 알렉산더 해리슨[87]

5 % 마르셀 프루스트

8 % 오귀스트 르누아르

10 % 제임스 휘슬러[88]

10 % 에두아르 마네

10 % 귀스타브 모로

10 % 폴 세자르 엘뢰[89]

15 % 에두아르 뷔야르[90]

15 % 윌리엄 터너

15 % 클로드 모네

직업: 인상파 화가

가족 상황: 기혼

주요 성격적 특성: 애정이 넘치고 주의 깊은 신사.

화자는 발베크 근방에서 스완의 친구인 엘스티르를 만난다. 화가는 그에게 사물을 새로운 눈으로 보는 법을 가르쳐 주고, 이내 알베르틴을 소개해 준다. 화자는 파리의 게르망트 공작네에서 엘스티르의 그림들과 재차 마주친다. 베르뒤랭네 사교계의 예전 멤버였던 그는 베르뒤랭 부인이 그의 결혼을 방해하려 애를 쓰자 그녀와 멀어진다.

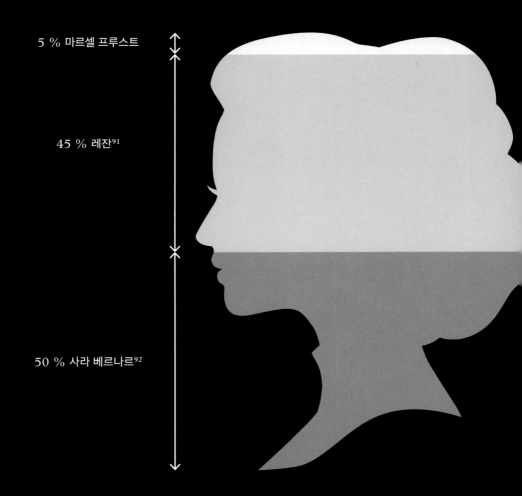

라 베르마
////// 예명 //////

5 % 마르셀 프루스트

45 % 레잔[91]

50 % 사라 베르나르[92]

직업: 여배우

가족 상황: 기혼

화자는 유명 여배우의 공연을 보러 가길 꿈꾼다. 그의 아버지는 처음엔 이 같은 아들의 기대에 반대하지만, 드 노르푸아 씨에게 설복당해 마침내 그녀의 「페드르」 공연을 보러 가도 좋다고 승낙한다. 라 베르마는 말년이 좋지 않았다. 자기 딸의 생계비를 대기 위해 끊임없이 무대에 오르지만, 모두로부터 버림을 받는다.

"너무나 많은 공작부인들" 사실인가?

||||||||||||||||||||||||||||||||||||||||||

"너무나 많은 공작부인이며 백작부인 들이 등장하는데, 우리를 위한 것은 아닐 테지……."
떠도는 전설에 의하면, 앙드레 지드는 이런 말을 하면서 「스완네 집 쪽으로」가 NRF 출판사에서 출간하는 것을 반대했다고 한다. 『잃어버린 시간을 찾아서』가 붕괴하는 귀족 사회에 대한 신랄한 묘사임은 틀림없는 사실이지만, 이 같은 지드의 언급은 수많은 논쟁을 불러일으켰다. 지드의 말을 있는 그대로 받아들이고 실상이 어떠한지 살펴보자. 『잃어버린 시간을 찾아서』에서 귀족 작위는 몇 번이나 등장하는가?

공주
713회

공작
820회

공작부인
845회

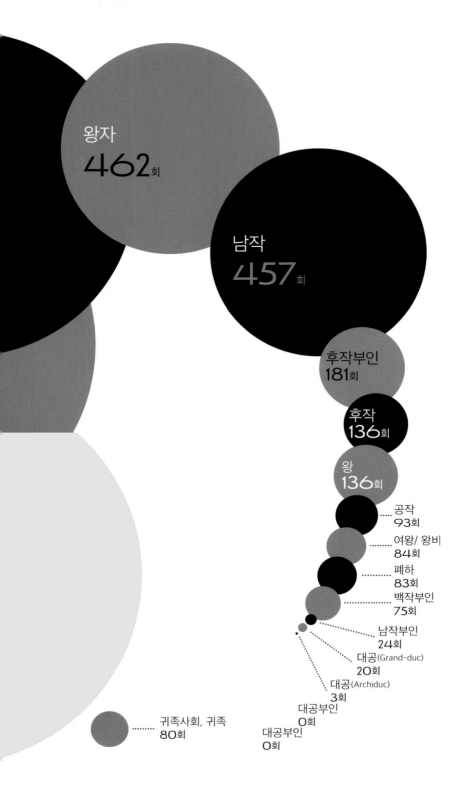

왕자
462회

남작
457회

후작부인
181회

후작
136회

왕
136회

공작
93회

여왕/ 왕비
84회

폐하
83회

백작부인
75회

남작부인
24회

대공(Grand-duc)
20회

대공(Archiduc)
3회

대공부인
0회

대공부인
0회

귀족사회, 귀족
80회

노블레스 오블리주

//

『잃어버린 시간을 찾아서』에는 공작부인들만 넘쳐 나는 것이 아니다.

프루스트는 자기 소설에서 명사들을 총망라한다.

(16) 여왕/왕비: 나폴리 여왕, 포르투갈 여왕, 오세아니아 여왕, 벨기에 왕비, 마리 아멜리 왕비, 스웨덴 왕비, 영국 여왕, 스페인 왕비, 나바라 여왕, 스코틀랜드 여왕, 이탈리아 여왕, 폴란드 여왕, 헝가리 여왕, 외독시 황녀, 시칠리아 여왕, 프랑스 왕비

(27) 왕: 프랑스 왕, 바비에르〔바이에른〕왕, 테오도즈 왕, 프러시아 왕, 영국 왕, 루이 14세, 사르곤 왕, 마르크 왕, 프랑스 왕, 이브토 왕, 오스카르 왕, 로마 왕, 스페인 왕, 에드워드 왕, 폴란드 왕, 철광왕, 스웨덴 왕, 벨기에 왕, 동·서인도 왕, 예루살렘 왕, 샤를 5세, 덴마크 왕, 아노브르〔하노버〕왕, 독일 왕, 그리스 왕, 불가리아 왕, 루마니아 왕

(30) 공주: 사강 공주, 게르망트 공주, 팔라틴 공녀, 파름〔파르마〕공주, 클레브 공주, 트레젠 공주, 오를레앙 공주, 포르시앵 공주, 레옹 공주, 메테르니크〔메테르니히〕공주, 뤽상부르〔룩셈부르크〕공주, 보르디오 공주, 푸아 공주, 센-비트겐슈타인 공주, 리뉴 공주, 갈라르동 공주, 사지나 공주, 데리아바르 공주, 실리스트리 공주, T*** 공주, 부르봉 공주, 에스 공주, 카프라롤라 공주, 크루아 공주, 바덴 공주, 카디냥 공주, 타오르미나 공주, 니에브르 공주, 나쏘 공주, 트라니아 공주

(1) 대공(Archiduc): 로돌프 대공

(6) 대공(Grands-duc): 뤽상부르〔룩셈부르크〕대공, 러시아 대공, 에스 대공, 블라디에르 대공, N*** 대공, 폴 대공

(31) 왕자: 웨일스 공, 로이스 왕자, 삭스〔작센〕왕자, 보로디노 왕자, 조앵빌 왕자, 리뉴 왕자, 게르망트 왕자, 불가리아 왕자, 파펜하임-뮌스터부르크-바이닝겐 왕자, 푸아 왕자, 샤텔로 왕자, 모나코 왕자, 사강 왕자, 시라퀴즈〔시라쿠사〕왕자, 폴리냑 왕자, 사부아〔사보이〕왕자, 나폴리 왕자, 콘티 왕자, 샬래 왕자, 타랑트〔타렌트〕왕자, 뷜로 왕자, 쉬매 왕자, 라 투르 도베르뉴 왕자, 탈레랑 왕자, *** 왕자, 레옹 왕자, 크루아 왕자, 콩돔 왕자, 콩데 왕자, 실리스트리 왕자, 모덴 에스트〔모더나 에스테〕왕자

(36) 공작: 게르망트 공작, 브라방 공작, X 공작, 브로글리 공작,
라 트레모이유 공작, 샤르트르 공작, 뢱상부르〔룩셈부르크〕공작,
기즈 공작, 느무르 공작, 바비에르〔바이에른〕공작, 오말 공작, 사강 공작,
샤텔로 공작, 슈브뢰즈 공작, 부르고뉴 공작, 몽포르 공작, 리모주 공작,
가스탈라 공작, 몽모랑시 공작, 클레르몽 공작, 베리 공작, 뷔르텐부르크 공작,
페렌작 공작, 파름〔파르마〕공작, 레지오 공작, 모덴〔모데나〕공작,
브로글리 공작, 베리 공작, 무쉬 공작, 밀랑〔밀라노〕공작, 시도니아 공작,
부이옹 공작, 로렌 공작, 두도빌 공작, 브리삭 공작, 뒤라스 공작

(7) 남작: 샤를뤼스 남작, 게르망트 남작,
루이 남작, 로칠드〔로스차일드〕남작,
바트리 남작, 브레오 슈늬 남작,
노르푸아 남작

(4) 남작부인: 모리앙발 남작부인,
로칠드〔로스차일드〕남작부인, 포르슈빌
남작부인, 노르푸아 남작부인

(14) 백작: 파리 백작, 포르슈빌 백작, 마르상트 백작,
샤보르 백작, 나쏘 백작, 브레오테 콩살비 백작, 브레키니 백작,
쉬르쥐스 백작, 크리즈누아 백작, 크레시 백작, 툴루즈 백작,
메제글리즈 백작, 파르시 백작, 캉부르메르 백작

(17) ∥백작부인∥: 게르망트 백작부인, 콩브레 백작부인, 몽트리앙데르
백작부인, 마르상트 백작부인, M*** 백작부인, 몽페주 백작부인, 베르느빌
백작부인, 멘비엘 백작부인, 프랑크톤 백작부인, 샤베르니 백작부인,
크리크토 백작부인, X 공작부인, 부르봉 수아쏭 백작부인, 노아유 백작부인,
라로슈푸코 백작부인, 오엔펠센 백작부인, 푸악티에 백작부인

(41) 공작부인: 게르망트 공작부인, 몽팡시에 공작부인,
몽모랑시 공작부인, 라 트레모이유 공작부인, 방돔 공작부인,
오를레앙 공작부인, 프라슬랭 공작부인, 라로슈푸코 공작부인,
기즈 공작부인, 뢱상부르〔룩셈부르크〕공작부인, 베리 공작부인,
슈브뢰즈 공작부인, 아오스트〔아오스타〕공작부인, 오베르종
공작부인, 포르트팽 공작부인, 샤르트르 공작부인, 모르트마르
공작부인, 부르고뉴 공작부인, 갈라르동 공작부인, 부르봉
공작부인, 알랑송 공작부인, 롱그빌 공작부인, 몽로즈 공작부인,
쉬르지 르툭 공작부인, 두도빌 공작부인, 위제스 공작부인,
랑브르삭 공작부인, 아랑베르그 공작부인, 클레르몽 토네즈
공작부인, 바비에르〔바이에른〕공작부인, 뒤라스 공작부인,
아방 공작부인, X*** 공작부인, 아브레 공작부인, 알브 공작부인,
노아유 공작부인, 레투르빌 공작부인, 갈리에라 공작부인,
디노 공작부인, 무쉬 공작부인, 브로글리 공작부인

(18) 후작부인: 빌파리지 후작부인, 생퇴베르트
후작부인, 캉부르메르 후작부인, 갈라르동 후작부인,
게르망트 후작부인, 쇼스그로 후작부인, 갈리페
후작부인, 소브레 후작부인, 바브노 후작부인,
쉬르쥐스 르 둭 후작부인, 플라삭 후작부인,
퐁리에르 후작부인, 시트리 후작부인, 곤빌
후작부인, 그랭쿠르 후작부인, 카망베르 후작부인,
생루 후작부인, 사브랑 후작부인

(20) 후작: 포레스텔 후작, 브레오테 후작, 노르푸아 후작,
카망베르 후작, 생루 앙 브레 후작, 마르상트 후작, 가나세 후작,
팔랑시 후작, 보세르장 후작, 페테른 후작, 프레쿠르 후작,
피에르부아 후작, 모덴〔모데나〕후작, 누아르무티에 후작,
고구베르 후작, 쉬르쥐스 후작, 몽 페루 후작, 라 무세 후작,
폴리냑 후작, 빌망두아 후작

119

누가 누구를
사랑하고
누가 누구와
결혼하는가?

『잃어버린 시간을 찾아서』에서는 모든 인물이 처음
과는 전혀 다른 모습으로 나타난다. 이 소설은 각각
의 인물들이 자신들의 성적(性的) 지향에 의해 규정
되는, 비공개적으로 에로티시즘을 문제 삼는 첫 번
째 소설 중 하나라고 할 수 있다. 수많은 인물의 동
성애, 남녀 동성애자들이 이루는 "저주받은 종족"
등이 자주 언급되곤 했는데, 알베르틴이나 로베르
드 생루, 오데트 드 크레시 등과 같은 양성애자들도
적잖이 등장한다.

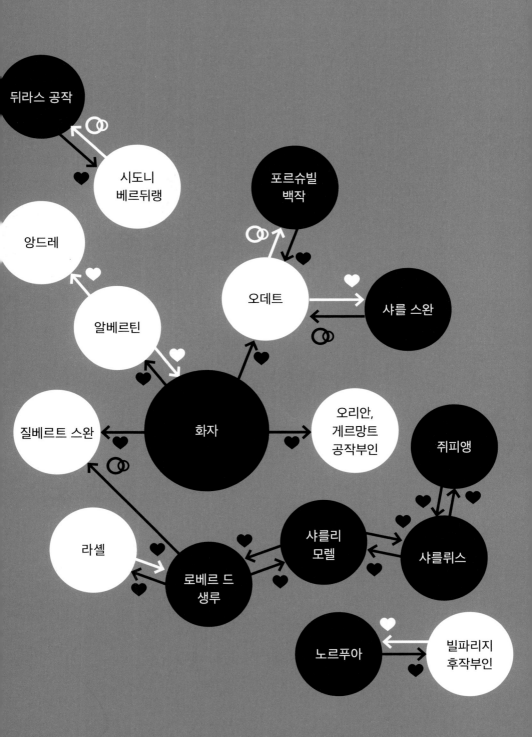

게르망트 가문의
가계보

게르망트는 프루스트가 그 사교계에 드나들던 대귀족 가문의 표본이자 집합체로서, 화자를 매료시킨다. 게르망트란 이름, 특히 마지막 음절인 '앙트'에서 뿜어져 나오는 오렌지 빛은 강력한 몽상의 모티브를 이룬다. 화자가 거리에서 마주친 게르망트 공작부인에게 사랑에 빠질 때도 이 같은 몽상은 지속된다. 그는 게르망트 공작부인의 조카인 로베르 드 생루를 통해 그녀에게 접근하기로 작정하고, 마침내 이런 구상을 실현하여 그녀와 재회하는 데 성공한다. 소설 속에서 중요한 역할을 수행하는 또 다른 게르망트 가문의 인물은 게르망트 공작부인의 시동생인 샤를뤼스 남작 팔라메드다.

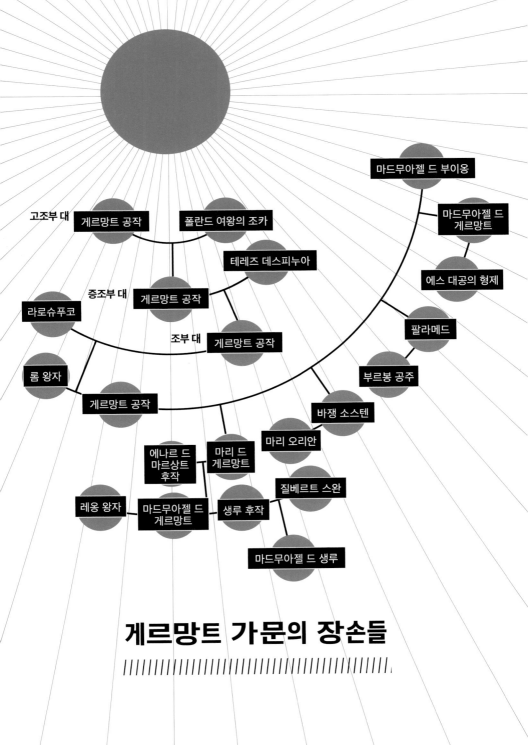

고조부 대 | 게르망트 공작 | 폴란드 여왕의 조카

마드무아젤 드 부이옹

마드무아젤 드 게르망트

에스 대공의 형제

테레즈 데스피누아

증조부 대 | 게르망트 공작

라로슈푸코

조부 대 | 게르망트 공작

팔라메드

부르봉 공주

롬 왕자

게르망트 공작

바쟁 소스텐

마리 오리안

에나르 드 마르상트 후작 | 마리 드 게르망트

질베르트 스완

레옹 왕자 | 마드무아젤 드 게르망트 | 생루 후작

마드무아젤 드 생루

게르망트 가문의 장손들

|||||||||||||||||||||||||||||||||||||||||||||||

프루스트 소설 속
인물들의 이름

프루스트는 등장인물들의 이름과 성을 고를 때 많은 공을 들였다. 어떤 이름들은 당시 유행하던 이름들이었는가 하면, 어떤 이름들은 존재하지 않는 이름들이기도 했다. 다시 말해 프루스트의 작명법은 평범하면서도 예외적인 것이었다. 예컨대 팔라메드 란 이름은 1900년 이후 인구 센서스엔 등록되어 있지 않은 이름이다. 대다수 이름들 은 사라지고 없는 과거의 이름들이거나 이제 갓 부활하기 시작한 이름들이다.

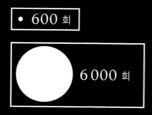

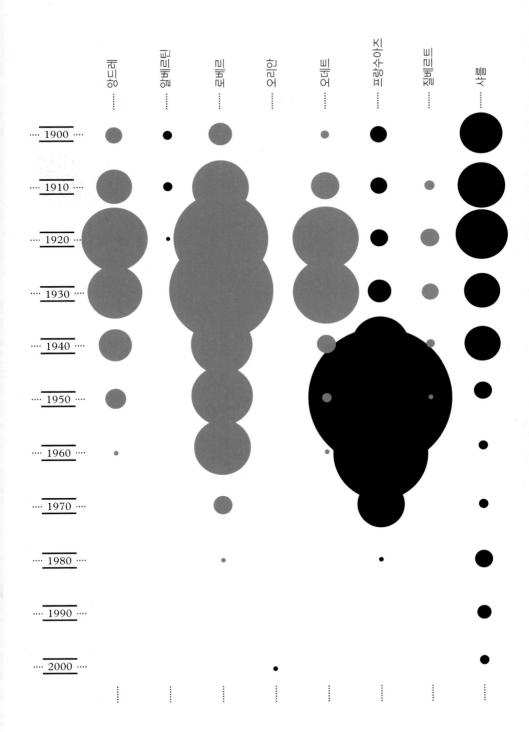

인간 박물학자의
소설

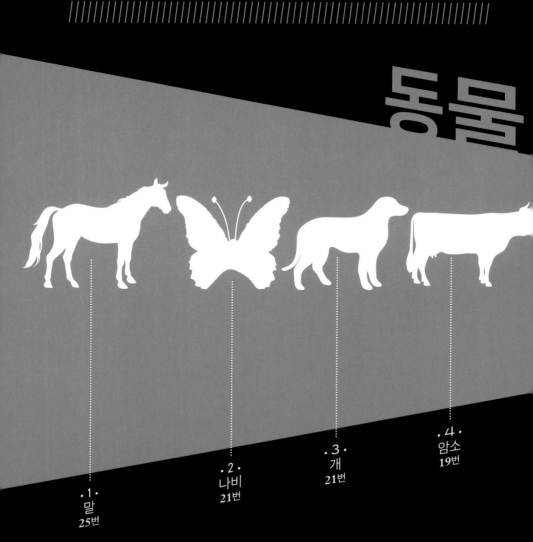

동물

- 1 -
말
25번

- 2 -
나비
21번

- 3 -
개
21번

- 4 -
암소
19번

발자크는 사회적 자연사를 집필하길 원했다. 프루스트 역시 사회에 대한 자연사를 쓰길 원했는데, 『잃어버린 시간을 찾아서』의 화자는 "정신의 식물학자"이자 "인간 박물학자"이기를 바랐다. 우리는 프루스트가 산사나무에서부터 사과 꽃, 난초에 이르기까지, 식물학에 대단히 관심이 많았다는 사실을 알고 있다. 그는 천식이나 알레르기에도 불구하고 꽃과 식물, 나무 등에 비상한 관심을 가졌다. 그런가 하면 『잃어버린 시간을 찾아서』는 특히 덩치가 작은 동물들로 가득한 가축 사육장이기도 했다. 이 소설에서는 동식물들이 놀라운 성적 은유를 위해서이거나 몇몇 인물들의 동물성을 강조하기 위해 동원되곤 했다.

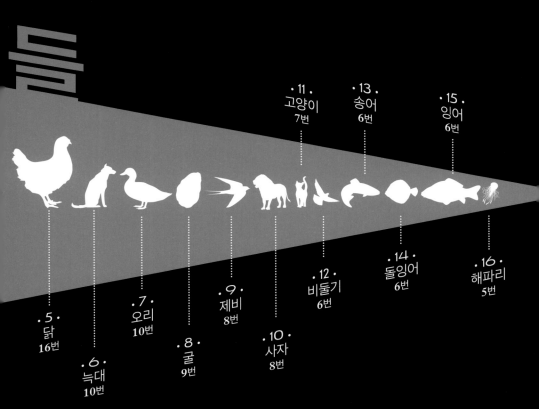

• 11 •
고양이
7번

• 13 •
송어
6번

• 15 •
잉어
6번

• 12 •
비둘기
6번

• 14 •
돌잉어
6번

• 16 •
해파리
5번

• 5 •
닭
16번

• 6 •
늑대
10번

• 7 •
오리
10번

• 8 •
굴
9번

• 9 •
제비
8번

• 10 •
사자
8번

식물들

· 1 ·
장미
57번

· 2 ·
산사나무
33번

· 3 ·
백합
27번

· 4 ·
사과나무
26번

· 5 ·
제비꽃
23번

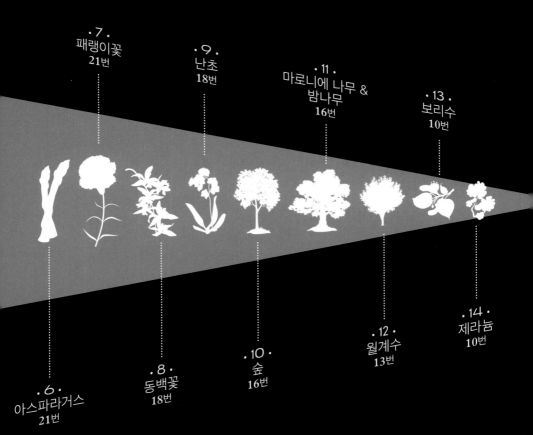

· 7 ·
패랭이꽃
21번

· 9 ·
난초
18번

· 11 ·
마로니에 나무 &
밤나무
16번

· 13 ·
보리수
10번

· 6 ·
아스파라거스
21번

· 8 ·
동백꽃
18번

· 10 ·
숲
16번

· 12 ·
월계수
13번

· 14 ·
제라늄
10번

> **단 하나의 진정한 여행, 젊음을 안겨 주는 유일한 여행이란 새로운 풍경을 보러 떠나는 것이 아니라, 이제와는 다른 눈을 가지는 것이다."**
>
> 「갇힌 여인」

> **청소년기란 무언가를 배울 수 있는 유일한 시기이다."**
>
> 「꽃핀 소녀들의 그늘에서」

> **동성애가 기준이라면 비정상이란 있을 수 없는 법이다."**
>
> 「소돔과 고모라」

> **사랑에서 잘못된 선택이란 있을 수 없는데, 왜냐하면 선택지가 있을 때 그 선택지란 나쁜 것일 수밖에 없기 때문이다."**
>
> 「사라진 알베르틴」

모럴리스트 프루스트

잊을 수 없는 몇몇 명언들

||||||||||||||||||||||||||||||||||||||||||||||||||||||||||||||||||||||||||||

『**잃어버린 시간을 찾아서**』는 소설이자 수필인 까닭에 프루스트는 기꺼이 인용 방식을 애용했다. 만고 불변의 진리를 전하는 시제인 현재시제로 쓰인 수많은 대목들은 강연장에서 연사가 수강생들에게 무더기로 안길 수 있을 법한 주옥같은 금언이나 격언을 설파한다. 그의 작품을 읽은 독자들이나 주석가들은 이런 말들을 삶의 지혜로서 SNS상에서 풍성하게 주고받는다.

> **모든 것이 낡아지고 사라지는 이 세상에서, 아름다움보다 흔적을 덜 남긴 채 무너져 내리고 더욱더 완전하게 파괴되는 것이 있으니 그것은 바로 회한이다."**
>
> 「사라진 알베르틴」

66 지혜란 전해지는 것이 아니다. 지혜란 그 누구도 우리를 위해 해 줄 수도, 우리로 하여금 면하게 해 줄 수도 없는 궤적을 거친 후에 자기 자신이 스스로 발견하는 것이다."

「꽃핀 소녀들의 그늘에서」

66 의학을 믿는다는 것은 순전히 미친 짓이다. 의학을 믿지 않는 것이 더한 미친 짓이 아니라면 말이다. 왜냐하면 실수가 누적되다 보면 약간의 진실을 추출해 낼 수도 있기 때문이다."

「게르망트 쪽」

66 진정한 책이란 환한 대낮이며 잡담에서 생겨나는 것이 아니라, 어둡고 조용한 가운데 태어난다."

「되찾은 시간」

66 수면은 우리가 소유한 제2의 아파트 같은 것이어서, 본래 살던 아파트를 떠나 자러 가는 곳이다."

「소돔과 고모라」

66 사랑이란 우리의 가슴에 느껴지는 시간과 공간이다."

「갇힌 여인」

66 사람들 사이가 좁혀지는 것은 의견을 공유하기 때문이 아니라, 정신의 혈통이 같기 때문이다."

「꽃핀 소녀들의 그늘에서」

66 속물근성은 영혼에 중병이 걸린 상태이다. 하지만 국지적이어서 완전히 병에 함몰해 있지는 않다."

「갇힌 여인」

66 상상력을 갖지 못한 남성들은 귀여운 여성들이나 차지하라고 하자."

「사라진 알베르틴」

66 책이란 대부분의 묘지석에서 이름이 지워진 거대한 공동묘지이다."

「되찾은 시간」

공쿠르상

1919

마르셀 프루스트

「꽃핀 소녀들의 그늘에서」[93]

1919년, 언론에서는 공쿠르상이 지난 오 년간처럼 1차 세계 대전 참전용사의 이야기에 돌아갈 것이라고 예상했다. 특히 롤랑 도르줄레스[94]가 거론되곤 했다. 그런데 막상 뚜껑을 열어 보니 프루스트와 도르줄레스가 경합을 벌였다. 3차 투표에서 심사위원인 동생 로니가 「나무 십자가」(알뱅 미셸 출판사)의 작가를 제치고 프루스트 쪽에 표를 던졌다. 언론은 크게 반발했지만, 후대에 가서 공쿠르상 심사위원들이 옳았다는 것이 입증됐다. 마치 삼자가 서로 합심이라도 한 듯 서로의 권위를 드높인 것이다. 여기서 삼자란 프루스트, NRF 출판사(머지않아 갈리마르 출판사로 바뀐다.), 그리고 공쿠르상이다.

1

/////////////////////////////////////

NRF 출판사가 최초로
공쿠르상을 거머쥐었다.

/////////////////////////////////////

콩쿠르상의 상금으로
5 000프랑이 수여됐다

/////////////////////////////////////

심사위원들이 모인 탁자

레옹 도데[96]
형 J. H. 로니와
동생 로니[98]
엘레미르 부르주[100]
앙리 세아르[102]
귀스타브 제프루아
(심사위원장)[103]

레옹 앙니크[95]
장 아잘베르[97]
뤼시앵 데카브[99]
에밀 베르주라[101]

이들은 롤랑 도르줄레스의
「나무 십자가」에
표를 던졌다.

이들은 마르셀 프루스트의
「꽃핀 소녀들의 그늘에서」에
표를 던졌다.

"이제, 프루스트 이후로 뭐를 써야 한담?"

버 지 니 아　울 프

프루스트 이후의 프루스트

『잃어버린 시간을 찾아서』의 들쑥날쑥한 판본들

놀랍게도 아직까지 『잃어버린 시간을 찾아서』의 다양한 판본들을 남김없이 밝히는 서지는 존재하지 않는다. 이 대하소설은 애초 권 분할에 따른 고전적 방식대로 묶였거나, 아니면 보다 다루기 쉽도록 권들을 분할하는 방식에 따라 묶였다. 이렇듯 『잃어버린 시간을 찾아서』는 시간이 흐름에 따라 단 한 권에서 무려 열여덟 권에 이르기까지 다양한 판본으로 읽혀 왔다. 물론 가장 두드러진 경향은 편의성이다. 현대의 인쇄 기술이 발달하면서 단 한 권으로도 가능해졌다.(카르토 컬렉션).

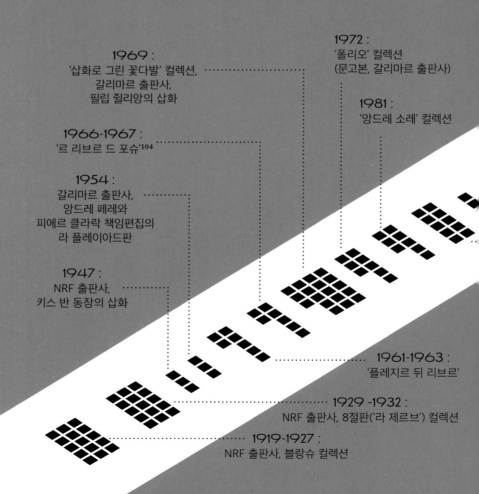

1972 :
'폴리오' 컬렉션
(문고본, 갈리마르 출판사)

1969 :
'삽화로 그린 꽃다발' 컬렉션,
갈리마르 출판사,
필립 쥘리앙의 삽화

1981 :
'앙드레 소레' 컬렉션

1966-1967 :
'르 리브르 드 포슈'[104]

1954 :
갈리마르 출판사,
앙드레 페레와
피에르 클라락 책임편집의
라 플레이아드판

1947 :
NRF 출판사,
키스 반 동장의 삽화

1961-1963 :
'플레지르 뒤 리브르'

1929 -1932 :
NRF 출판사, 8절판('라 제르브') 컬렉션

1919-1927 :
NRF 출판사, 블랑슈 컬렉션

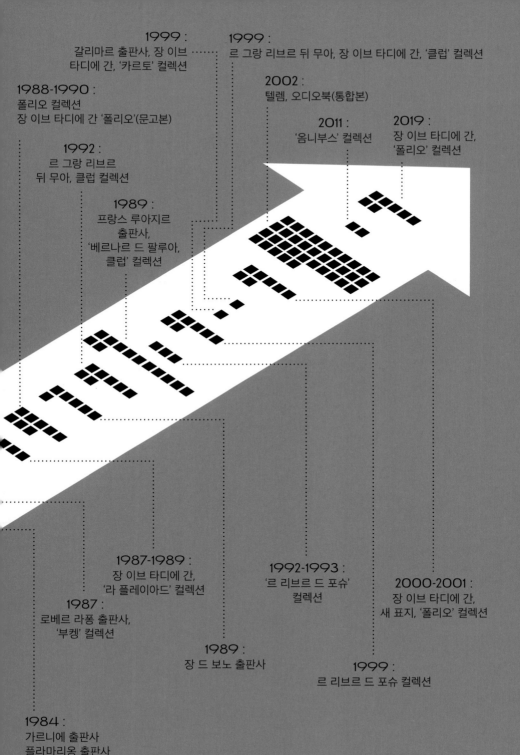

1999 :
갈리마르 출판사, 장 이브
타디에 간, '카르토' 컬렉션

1999 :
르 그랑 리브르 뒤 무아, 장 이브 타디에 간, '클럽' 컬렉션

1988-1990 :
폴리오 컬렉션
장 이브 타디에 간 '폴리오'(문고본)

2002 :
텔렘, 오디오북(통합본)

2011 :
'옴니부스' 컬렉션

2019 :
장 이브 타디에 간,
'폴리오' 컬렉션

1992 :
르 그랑 리브르
뒤 무아, 클럽 컬렉션

1989 :
프랑스 루아지르
출판사,
'베르나르 드 팔루아,
클럽' 컬렉션

1987-1989 :
장 이브 타디에 간,
'라 플레이아드' 컬렉션

1992-1993 :
'르 리브르 드 포슈'
컬렉션

2000-2001 :
장 이브 타디에 간,
새 표지, '폴리오' 컬렉션

1987 :
로베르 라퐁 출판사,
'부켕' 컬렉션

1989 :
장 드 보노 출판사

1999 :
르 리브르 드 포슈 컬렉션

1984 :
가르니에 출판사
플라마리옹 출판사

『잃어버린 시간을 찾아서』의

해외 번역

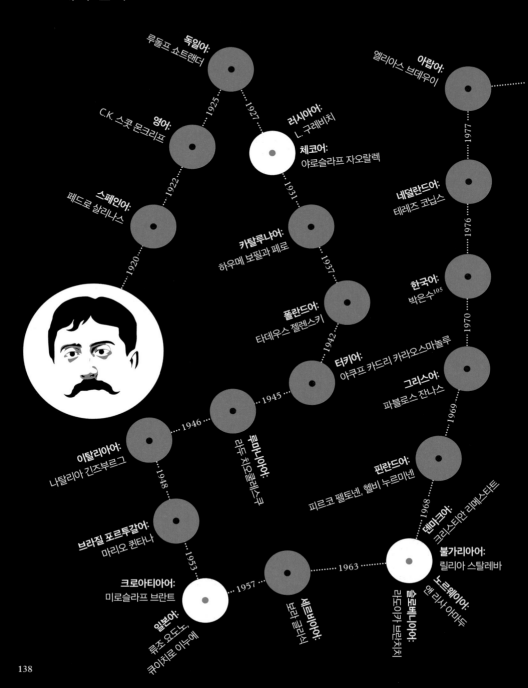

독일어:
루돌프 쇼트랜더

아랍어:
엘리아스 브데우이

영어:
C.K. 스콧 몬크리프

러시아어:
L. 구레비치

체코어:
야로슬라프 자오랄렉

네덜란드어:
테레즈 코닙스

스페인어:
페드로 살리나스

카탈루냐어:
하우메 보필과 페로

한국어:
박은수[105]

폴란드어:
타데우스 젤렌스키

터키어:
야쿠프 카드리 카라오스마놀루

그리스어:
파블로스 잔나스

이탈리아어:
나탈리아 긴즈부르그

루마니아어:
라두 치오클레스쿠

핀란드어:
피르코 펠토넨, 헬비 누르미넨

덴마크어:
크리스티안 라메스터트

불가리아어:
릴리아 스탈레바

브라질 포르투갈어:
마리오 퀸타나

노르웨이어:
앤 리사 아마두

크로아티아어:
미로슬라프 브란트

슬로베니아어:
라도이카 브란치치

일본어:
류조 요도노,
큐이치로 이나에

세르비아어:
보라 글리시

1925
1927
1922
1931
1920
1937
1942
1945
1946
1948
1953
1957
1963
1968
1969
1970
1976
1977

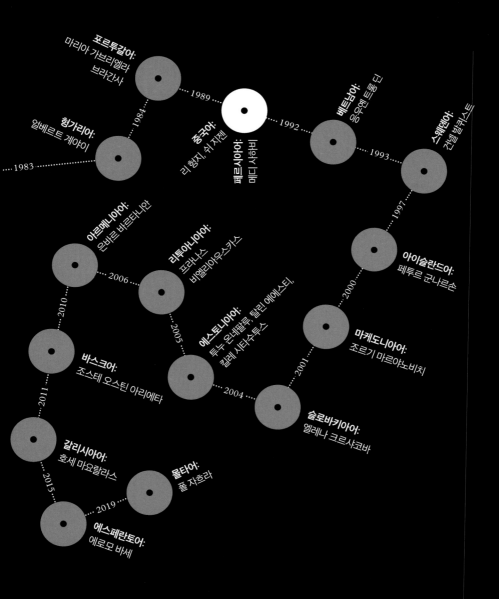

포르투갈어:
마리아 가브리엘라
브라간사

헝가리아어:
얼베르트 게야이

중국어:
리 항지, 쉬 지젠

페르시아어: 메흐디 사하비

베트남어:
응우옌 트롱 딘

스웨덴어: 군넬 렐릭스

드비크 렐릭스

1989

1984

1983

1992

1993

아르메니아어:
온브르 바르타니안

리투아니아어:
프라나스
비엘리아우스카스

에스토니아어:
투누 온네팔루, 탈린 에에스티,
칼레 시타수투스

아이슬란드어:
페투르 군나르손

2006

2005

2010

2004

2000

1997

마케도니아어:
조르기 마르야노비치

2001

바스크어:
조스테 오스틴 아리에타

2011

슬로바키아어:
엘레나 크르샤코바

갈리시아어:
호세 마요랄라스

몰타어:
폴 자흐라

2015

2019

에스페란토어:
에로모 바세

여타 위대한 문학 작품들이 그러하듯, 『잃어버린 시간을 찾아서』도 35개 이상의 외국어로 번역됐다. 하지만 모든 외국어 번역이 소설 전체를 대상으로 한 것은 아니다. 이 소설은 그 분량으로 인해 번역 작업이 대단히 길고 어렵고 까다로울 수밖에 없다. 특히 사용자가 많지 않은 언어들의 경우가 그렇다. 이와는 반대로, 예컨대 전후 무려 네 차례에 걸쳐 이 소설의 전체적인 번역이 이루어진 일본어의 경우처럼, 수 차례 번역이 시도되기도 했다.

몇몇
수치로 보는
만화본
프루스트

1994년 말부터 **스테판 외에는 『잃어버린 시간을 찾아서』를 만화로 각색해 왔다.**(아직 진행 중인 이 만화화 작업은 이제까지 여덟 권이 출간됐는데, 이는 『잃어버린 시간을 찾아서』의 처음 두 권에 해당할 따름이다.) 프루스트 만화본을 출간하는 델쿠르 출판사는 전 세계에 저작권을 팔았는데, 그럼으로써 프루스트의 소설을 미처 읽지 못했으나 이미지로 접하고 싶은 수많은 독자들을 만족시켜 주고 있는 셈이다.

4000 개 **칸 수**

8 권
발간된 앨범 수

10 000 개
만화의 컷 수

139 세
만화가 스테판 외에가
만화화 작업을 마칠 때의 나이

25 년간

6 회 만화 출간 제안을
거절했던 출판사 수

29 개국 만화가 발간되는
외국 나라의 수

영국	벨기에	일본	아르헨티나
아일랜드	그리스	한국	우루과이
오스트레일리아	터키	인도네시아	파라과이
뉴질랜드	크로아티아	브라질	코스타리카
캐나다	이탈리아	포르투갈	칠레
독일	중국	멕시코	이란(해적판)
네덜란드	타이완	스페인	

2 권 **또 다른 프루스트 만화본 수**
얀 나심벤, 「스완네 집 쪽으로」 (갈리마르 출판사, '휘튀로폴리스'
컬렉션, 1990), 버라이어티 아트워크스, 『잃어버린 시간을 찾아서』
(솔레유 출판사, 2018)

참고서적

유명도

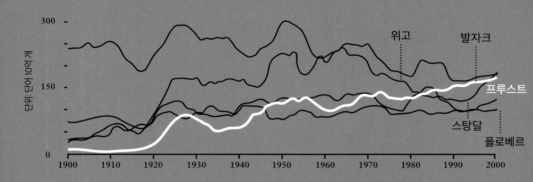

위고 발자크

프루스트

스탕달

플로베르

다른 단어 10억 개

300 —

150 —

0 —

1900 1910 1920 1930 1940 1950 1960 1970 1980 1990 2000

프루스트

19세기의 위대한 소설적 전통에 맞선 프루스트

참고문헌을 통해서 본 프루스트의 유명도는 스탕달과 플로베르와 같은 19세기 소설을 대표하는 위대한 작가들의 그것과 매우 흡사하다. 프루스트의 유명도는 1960년대 이후 꾸준히 상승하고 있는데, 1981년에는 발자크를 넘어섰고, 2000년에는 『인간 희극』의 작가,[106] 그리고 유행이 지났다고는 하지만 하락 곡선에도 불구하고 여전히 그 명성을 유지하고 있는 위고와 대등해진다.

참고서적

유명도

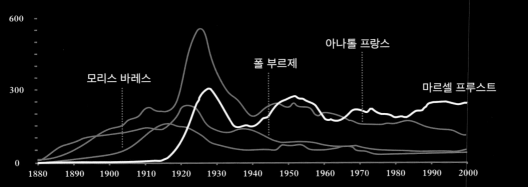

모리스 바레스

폴 부르제

아나톨 프랑스

마르셀 프루스트

꼴등이 일등으로 되어 간다

프루스트 vs. 부르제 vs. 프랑스 vs. 바레스

마르셀 프루스트의 시대에는 아나톨 프랑스, 폴 부르제, 모리스 바레스 등이 가장 유명한 산문가이자 가장 영향력 있는 작가들로 꼽혔다. 이 세 작가는 1920년대 중반에 명성의 절정에 이르렀다. 1921년 아나톨 프랑스는 노벨 문학상을 수상하고, 그의 곡선은 정점에 도달한다. 프루스트 또한 프랑스와 거의 같은 시기에 성공을 맛보는데, 1919년 12월에 「꽃핀 소녀들의 그늘에서」로 공쿠르상을 수상하기 때문이다. 이후 프루스트의 인기는 날아올라, 해를 거듭할수록 잊힌 동시대 작가들을 능가한다.

참고서적

유명도

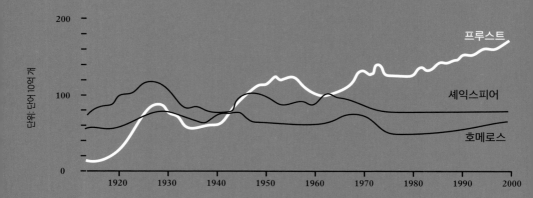

신화에 비견되는
프루스트

프루스트는 호메로스나 세르반테스, 또는 셰익스피어에 비견되는 거인이다. 참고문
헌을 통해서 본 유명도가 이런 사실을 뒷받침하는데, 그의 곡선은 1961년에 셰익스
피어를 추월한다. 2000년에는 호메로스나 셰익스피어의 유명도가 유지되는 반면,
그들과의 격차가 최대치에 이른다. 그야말로 프루스트의 곡선이 하늘을 향해 날아오
른다.

참고서적

유명도

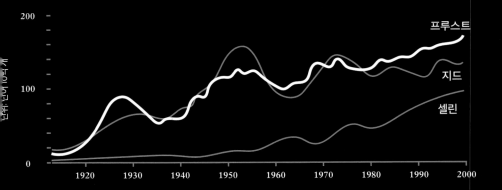

소설을 통해 현대성을 이끄는
프루스트

지드와 셀린은 프루스트와 더불어 20세기 전반부에 활동했던 가장 중요한 작가들이다. 하지만 이 같은 평가가 1970년대 이전에는 해당하지 않는다. 서로 근접하는 두 곡선이 보여 주듯, 1920년대 이후 프루스트와 지드가 치열한 경쟁 관계를 나타내는 가운데, '셀린의 지표'는 아주 미약하다. 1947년 지드가 노벨 문학상을 수상한 것을 계기로 그의 유명도는 거듭 뛰어오르고, 다시금 프루스트의 유명도와 어깨를 나란히 한다. 셀린은 『밤의 끝으로의 여행』의 커다란 성공에도 불구하고 이 두 작가가 벌이는 결투에 끼지 못한다.

『잃어버린 시간을
찾아서』의 **판매**

『잃어버린 시간을 찾아서』는 분량이 많고 읽기 어려운 소설인 만큼 한 세기 전부터 그리 대단한 판매 기록을 세우지는 못했다. 반면 문고본은 훌륭한 판매 성적을 거뒀다. 오늘날 이 대하소설은 서점의 고전 작품 판매의 원형을 이룬다.

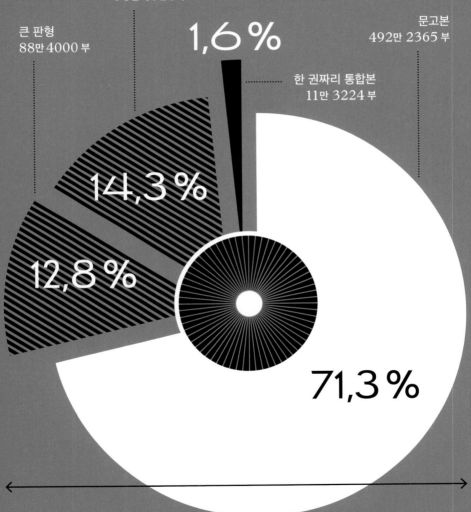

문고본: 르 리브르 드 포슈, 폴리오 컬렉션
큰 판형: 블랑슈, 8절판(라 제르브), 삽화를 곁들인 꽃다발 컬렉션
작은 판형의 통합본: 플레이아드, 부켕, 옴니부스 컬렉션
한 권짜리 통합본: 카르토 컬렉션

작은 판형의 통합본
98만 6926 부

1,6 %

큰 판형
88만 4000 부

문고본
492만 2365 부

한 권짜리 통합본
11만 3224 부

14,3 %

12,8 %

71,3 %

전체
690만 부
2020년 12월 말

프루스트 소설의 경매가

프루스트의 소설과 원고 들의 경매가는 수년 전부터 큰 액수에 달하고 있는데, 그 인기가 떨어질 줄 모른다. 2018년 피에르 베르제의 서재에서 수거된, 뤼시앵 도데에게 보낸 「스완네 집 쪽으로」의 오리지널 판본이 프랑스어로 쓰인 책 중 가장 높은 경매가에 낙찰되었는데, 이전 기록 경매가와는 비교하기 힘들 정도다. 이전 기록 경매가 최고는 샤를 보들레르의 단행본 『악의 꽃』으로, 77만 5000유로를 기록했다. 하지만 프루스트의 이 경매가는 세계적인 경매 기록가들과 견줘 볼 때 상대적으로 그리 높은 액수라고 보기 힘들다.

TOP 5
마르셀 프루스트

「스완네 집 쪽으로」
1번이 찍힌 단행본으로,
뤼시앵 도데[107]에게 보내는 헌사가
적혀 있다.(소더비 경매장, 2018)

151만 유로

「스완네 집 쪽으로」의
첫 교정지들
(크리스티 경매장, 2000)

100만 유로

「스완네 집 쪽으로」
네덜란드 지(紙)에 인쇄된 단행본으로,
마리 셰케비치[109]에게 보내는 헌사가
적혀 있다.(프랑스국립도서관과의
수의 계약, 2021년 1월)

「스완네 집 쪽으로」
뤼시앵 도데에게 보내는 헌사가
적혀 있다.(소더비 경매장, 2013)

60만 1500유로

35만 유로

「스완네 집 쪽으로」
일본 지(紙)에 인쇄된 단행본 다섯 권 중
하나로, 루이 브랭[108]에게 보내는 헌사가
적혀 있다.(소더비 경매장, 2017)

53만 5500유로

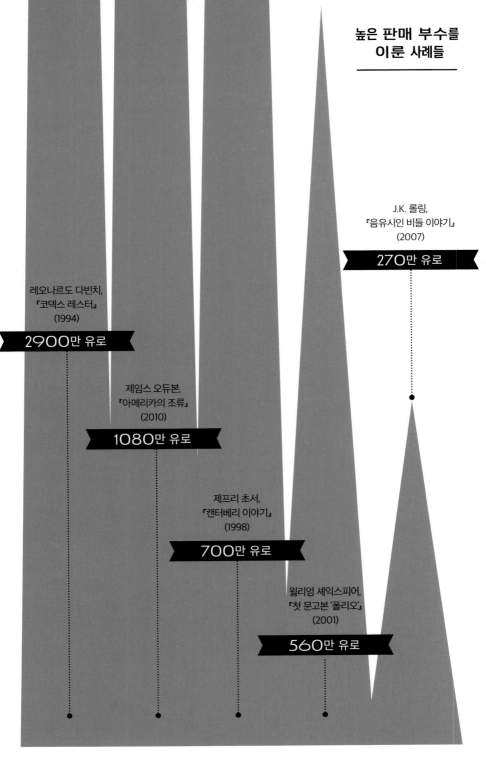

높은 판매 부수를
이룬 사례들

J.K. 롤링,
『음유시인 비들 이야기』
(2007)
270만 유로

레오나르도 다빈치,
『코덱스 레스터』
(1994)
2900만 유로

제임스 오듀본,
『아메리카의 조류』
(2010)
1080만 유로

제프리 초서,
『캔터베리 이야기』
(1998)
700만 유로

윌리엄 셰익스피어,
『첫 문고본 '폴리오'』
(2001)
560만 유로

7 권으로 이루어진 『잃어버린 시간을 찾아서』를 팔다

학교에서의 사례 연구: 일곱 권으로 이루어진 프루스트 소설의 통합권을 종류와 관계없이 모아 보고, 또 이러한 판본들의 첫 권에서부터 마지막 권까지의 판매가 어떻게 이루어졌는지 알아보자. 그러면 처음의 독자들이 엄청나게 줄어들었다(감소)는 사실을 확인하게 된다. 이는 프루스트 소설을 구입하고 처음부터 끝까지 읽는 독자들을 붙잡아 두기(점유)가 그만큼 힘들다는 것을 의미한다.

조사 대상: 1919년에서부터 2020년 12월 말까지의 '블랑슈', '폴리오', '르 리브르 드 포슈' 컬렉션

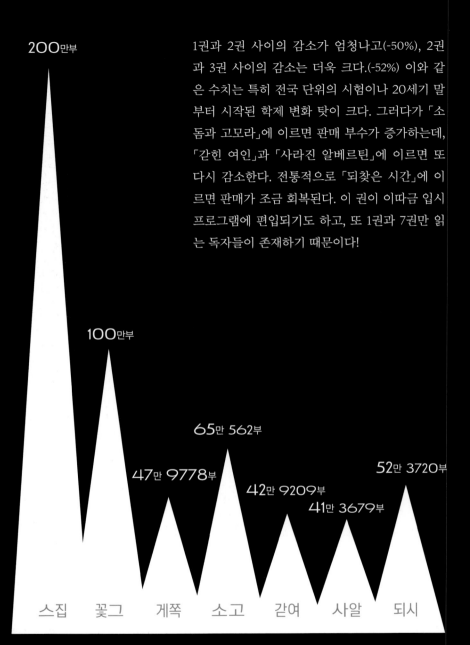

200만부

100만부

65만 562부

47만 9778부

42만 9209부

41만 3679부

52만 3720부

스집 꽃그 게쪽 소고 같여 사알 되시

1919 > 2020

1권과 2권 사이의 감소가 엄청나고(-50%), 2권과 3권 사이의 감소는 더욱 크다.(-52%) 이와 같은 수치는 특히 전국 단위의 시험이나 20세기 말부터 시작된 학제 변화 탓이 크다. 그러다가 「소돔과 고모라」에 이르면 판매 부수가 증가하는데, 「갇힌 여인」과 「사라진 알베르틴」에 이르면 또다시 감소한다. 전통적으로 「되찾은 시간」에 이르면 판매가 조금 회복된다. 이 권이 이따금 입시 프로그램에 편입되기도 하고, 또 1권과 7권만 읽는 독자들이 존재하기 때문이다!

명예 대 발행 부수

프루스트의 명예가 반드시 그의 소설의 판매 현황이나 발행 부수에 비례하진 않는다.
마찬가지로 프루스트는 판본과 상관없이 모든 형태의 발행 부수를 더해 봐도 갈리마르
출판사에서 내는 생텍쥐페리나 카뮈, 사르트르 등의 작품 발행 부수에 훨씬 못 미친다.

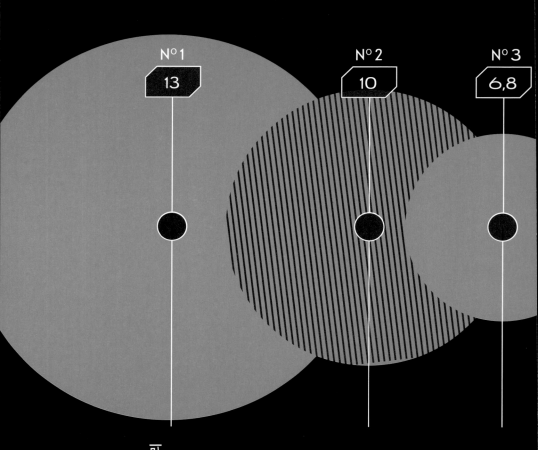

N° 1

13

앙투안 생텍쥐페리
『어린 왕자』

N° 2

10

알베르 카뮈
『이방인』

N° 3

6,8

알베르 카뮈
『페스트』

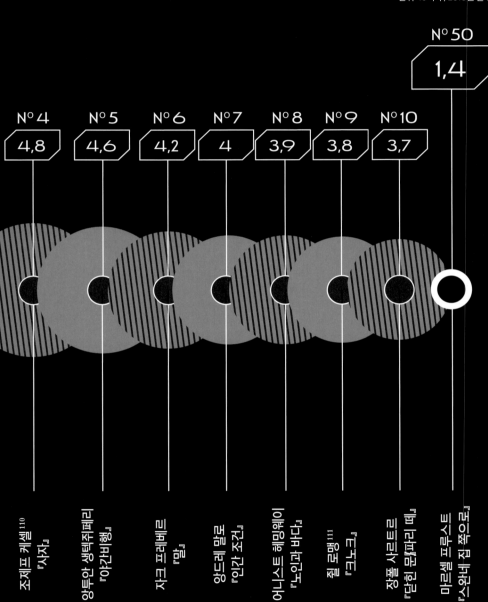

단위: 10억 부, 2010년 말 현재

Nº 50
1,4

Nº 4   Nº 5   Nº 6   Nº 7   Nº 8   Nº 9   Nº 10
4,8   4,6   4,2   4   3,9   3,8   3,7

조제프 케셀 [110] 『사자』

앙투안 생텍쥐페리 『야간비행』

자크 프레베르 『말』

앙드레 말로 『인간 조건』

어니스트 헤밍웨이 『노인과 바다』

쥘 로맹 [111] 『크노크』

장폴 사르트르 『닫힌 문 파리 떼』

마르셀 프루스트 『스완네 집 쪽으로』

마들렌 과자에 관한 짧은 이야기

프루스트(Proust), 마르셀(Marcel)을 뜻하는 이니셜인 P. M.은 또한 작은 마들렌 (petites Madeleine) 과자의 이니셜이기도 하다. 프루스트의 마들렌 과자의 일화(『잃어버린 시간을 찾아서』에서 겨우 3쪽에 불과하다.)는 아마도 세계적으로 가장 유명한 문학적 일화일 텐데, 수많은 오해의 근원이기도 하다. 세간에서는 마들렌 과자의 일화가 하나의 클리셰로 굳어져, 무의지적 기억을 동반하는 감각적이고 우연한, 하지만 강력한 정서적 힘이란 본래의 의미에서 멀어진 채 그저 어린 시절의 기억이란 밋밋한 말처럼 쓰인다. 이처럼 마들렌 과자는 전 세계적인 페티슈가 되기 이전에 그저 로렌 지방의 전통적 과자였다.

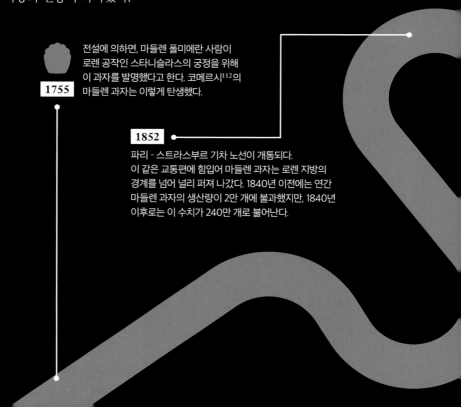

1755

전설에 의하면, 마들렌 폴미에란 사람이 로렌 공작인 스타니슬라스의 궁정을 위해 이 과자를 발명했다고 한다. 코메르시[112]의 마들렌 과자는 이렇게 탄생했다.

1852

파리 - 스트라스부르 기차 노선이 개통되다. 이 같은 교통편에 힘입어 마들렌 과자는 로렌 지방의 경계를 넘어 널리 퍼져 나갔다. 1840년 이전에는 연간 마들렌 과자의 생산량이 2만 개에 불과했지만, 1840년 이후로는 이 수치가 240만 개로 불어난다.

앙드레 디디에장이 『마들렌 과자와 학자』(세유 출판사)를 출간하다. 저자는 이 수필집에서 프루스트의 인상과 회상이 어떻게 오늘날의 인지과학의 업적에 의해 사실로 입증되고 있는지 증명한다.

2015

2007

조나 레러가 『프루스트는 신경과학자였다』(HMH 북스 출판사)를 출간하다. 그는 이 책에서 몇몇 작가들(프루스트는 마들렌 과자를 통해서)이 어떻게 신경과학이란 신영역을 예감할 수 있었는지 보여 준다.

마들렌 과자는 "전통적 제과업" 분야에서 대규모 유통에 의한 판매의 40퍼센트를 점한다.

2018

1963

코메르시 마들렌 과자 동호인 협회가 결성되다.

프랑스 내에서 구글 엔진을 통해 "프루스트의 마들렌 과자"를 검색하는 횟수가 코메르시의 마들렌 과자와 연관된 검색 횟수보다 9.4배 많은 것으로 밝혀졌다.

2020

1871

파리에서 마르셀 프루스트가 태어나다.

1873

알렉상드르 뒤마가 『요리 대백과』에서 마들렌 과자를 언급하다.

2015

외르 에 루아르 도(道)에 막심 뵈셰르에 의해 프루스트 마들렌 제과 협회가 창설되다. 과자의 형태는 프루스트가 묘사한 그대로 재현된다.

1914 - 1918

코메르시가 베르됭과 아프르몽의 병원이 되다.

1913

「스완네 집 쪽으로」의 출간. 마들렌 과자의 일화가 '콩브레' 편의 첫 장을 장식하다. 이전의 판본들에선 마들렌 과자는 그저 구운 빵이나 비스킷에 불과했다.

1870

러시아군이 코메르시로 진입하다. 비스마르크의 비서가 "멜론 모양의 비스킷"을 언급하다.

1874

도 훈령에 따라, 코메르시 여성 시민들이 코메르시 역사의 플랫폼에서 마들렌 과자를 팔 수 있게 되다.

1919

프루스트가 「꽃핀 소녀들의 그늘에서」로 공쿠르상을 수상하다. 그의 이름이 프랑스 내에서는 물론이고 해외에서도 높아지기 시작하다.

요리책에서 차지하는
(상당한) 분량

프루스트의 마들렌 과자의 창시자인
막심 뵈셰르의 요리법

재료
- 계란 3알
- 설탕 150g
- 우유(전유) 6cl
- 꿀 30g
- 바닐라 가루 한 꼬집
- 바닐라 추출물, 작은 수저 한 술
- 밀가루 박력분 200g

- 효모 10g
- 녹인 버터 막대 200g

재료
- 마들렌 과자 틀
  (특히 쇠 재질)
- 거품기

1. 오븐을 210도로 예열한다.

2. 샐러드 그릇에 재료들을 위에 열거한 순서대로 넣는다.
녹인 버터를 천천히 붓고, 거품기로 걸쭉하고
가벼운 반죽이 될 때까지 휘젓는다.

3. 반죽을 틀 안에 넣고, 오븐에 굽는다.
주의사항: 오븐을 중간에 끄고, 반죽의 배꼽(혹)이 만들어지면
오븐을 다시 켠다.

4. 반죽의 배꼽이 더 이상 끈적거리지 않게 되면 마들렌 과자가
잘 구워진 것이다.

애정의 흔적

주석들에 눌려 질식하는 프루스트

프루스트에 관한 서적들은 그 자체로 하나의 장르를 이룬다. 그 영역은 지속적으로 점점 더 팽창 중인데, 롤랑 바르트에 따르면 **"무시무시한"** 분량이다. 인문학, 식물학, 생물학, 문체론, 사회학, 미식…… 무한한 풍요로움을 간직한 이 작품은 끊임없이 더 많은 주석을 만들어 내는, 이를테면 바닥 모를 우물과도 같다. 『잃어버린 시간을 찾아서』, 『장 상퇴유』 혹은 『생트뵈브에 반하여』 등에 관한 논문이며 박사학위 논문, 단행본 들이 수십, 수백, 수천에 달한다.

2020년 12월 31일 현재의 수치

제목에 '프루스트'란 단어가 포함된 글들

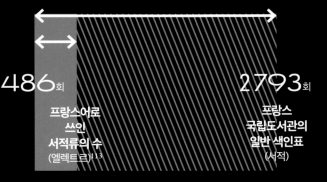

486회
프랑스어로
쓰인
서적류의 수
(엘렉트르)[113]

2793회
프랑스
국립도서관의
일반 색인표
(서적)

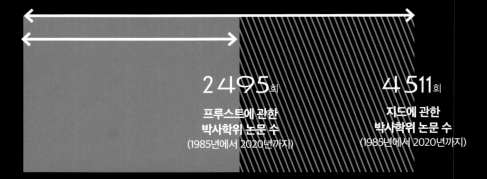

2495회
프루스트에 관한
박사학위 논문 수
(1985년에서 2020년까지)

4511회
지도에 관한
박사학위 논문 수
(1985년에서 2020년까지)

프루스트의
질문지

세계적으로 알려져 있는 **프루스트의 질문지**는 사실상 프루스트와는 관계가 없다. 그는 자신의 편지나 그 어떠한 글에도 이것에 대해 언급한 적이 없다. 프루스트는 19세기 후반에 활동했던 수많은 사람처럼 당시 유럽 전역에 걸쳐 유행하던 이 질문과 답변 양식에 응했을 따름이다. "프루스트의 질문지"란 잘못된 명칭은 출판업자가 만들어 낸 이름이다.

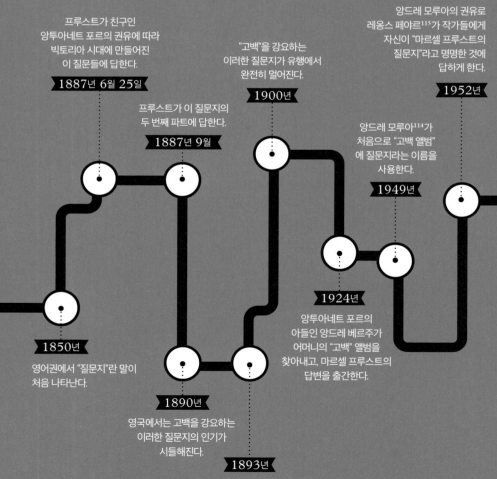

프루스트가 친구인
앙투아네트 포르의 권유에 따라
빅토리아 시대에 만들어진
이 질문들에 답한다.
1887년 6월 25일

프루스트가 이 질문지의
두 번째 파트에 답한다.
1887년 9월

"고백"을 강요하는
이러한 질문지가 유행에서
완전히 멀어진다.
1900년

앙드레 모루아의 권유로
레옹스 페야르[115]가 작가들에게
자신이 "마르셀 프루스트의
질문지"라고 명명한 것에
답하게 한다.
1952년

앙드레 모루아[114]가
처음으로 "고백 앨범"
에 질문지라는 이름을
사용한다.
1949년

1850년
영어권에서 "질문지"란 말이
처음 나타난다.

1924년
앙투아네트 포르의
아들인 앙드레 베르주가
어머니의 "고백" 앨범을
찾아내고, 마르셀 프루스트의
답변을 출간한다.

1890년
영국에서는 고백을 강요하는
이러한 질문지의 인기가
시들해진다.

1893년
프루스트가 이 질문지의 마지막인
세 번째 파트에 답한다.

베르나르 피보[116]의 「부이옹 드 퀼튀르」가
시작되다. 이 프로그램에서 사회자는
"프루스트의 질문지"를 대신할 다른
버전을 제시한다.

1991

어느 서점 주인이 1887년
6월 25일의 질문지를 발견하는데,
이는 머지않아 "프루스트의 첫
질문지"란 별명으로 불리게 된다.

《프랑크푸르터 알게마이네
차이퉁》과 《선데이》에서
"프루스트의 질문지"를 사용해
인물들을 인터뷰한다.

2018년

레옹스 페야르가 알뱅
미셸 출판사에서 『백 명의
프랑스 작가가 마르셀
프루스트의 질문지에
답하다』를 출간한다.

1980년대

미국 잡지
《배너티 페어》가
"프루스트의 질문지"를
월간 표제로 삼는다.

1969년

1994년

1960년대

"프루스트의 질문지"가
《렉스프레스》와
《르 포앵》에 등장한다.

1975년

"프루스트의 질문지"란
표현이 "마르셀 프루스트의
질문지"로 대체한다.

2017년

에블린 블로크 다노가 『마르셀
프루스트의 젊은 시절』을
출간하는데, 이 책에서 그녀는
질문지에 얽힌 이야기를
상세하게 재추적한다.

1994년

작가이자 액터스 스튜디오의 창립자인 제임스
립턴이 피보의 프로그램을 본떠 자신의
텔레비전 프로그램을 제작하는데, 여기서 그는
초대 손님들에게 새롭게 각색한 "프루스트의
질문지"에 답하게 한다.

유령과도 같은 영화들

『잃어버린 시간을 찾아서』의 영화화

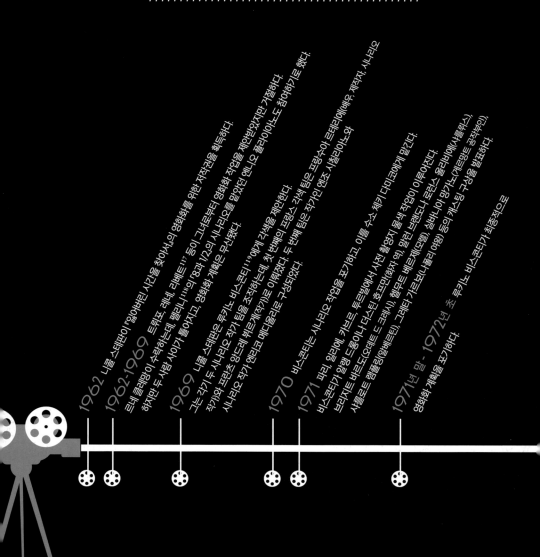

1962 니콜 스테팡이 『잃어버린 시간을 찾아서』의 영화화를 위한 저작권을 획득하다.

1962-1969 르네 클레망이 수락하는데 트뤼포, 레네 라베르트[117] 등이 그로부터 영화화 작업을 제안받았지만 거절하다. 하지만 두 사람 사이가 틀어지고 영화화 계획은 무산됐다.

1969 니콜 스테팡은 루키노 비스콘티에게 감수를 제안한다. 그는 각기 두 시나리오 작가인 엔조 시칠리아노[119]에게 감수를 제안한다. 작가와 프란츠 앙드레 위드게[119]로 이해졌다. 첫 번째의 프랑스 각색을 제안한다. 두 번째의 프랑스 각색은 담은 작가인 엔조 시칠리아노와 시나리오 작가 엔조로 메드월로 구성되었다.

1970 비스콘티는 시나리오 작업을 포기하고, 이를 수 제기 다미코에게 맡긴다.

1971 파리, 얼리에 카브르 두브넬에서 사전 촬영지 물색 작업이 이루어진다. 비스콘티가 일명 드롬이나 다스틴 호프만(화가 역), 알랭 브랜도나 도른스 올리비에(샤를뤼스), 브리지트 바르도(오데트 드 크레시), 헬무트 베르거(모렐), 실바나 망가노(오데뜨와 알뱅), 그레타 가르보(나폴리 외왕) 등이 캐스팅 구성을 발표하다.

1971년 말 - 1972년 초 루키노 비스콘티가 최종적으로 영화화 계획을 포기하다.

『잃어버린 시간을 찾아서』의 영화화는 저주받았다는 속설이 끊이지 않았다. 1970년대에 루키노 비스콘티나 조제프 로제도 배우이자 감독이며 제작자로 나선 니콜 스테판이 엄청난 에너지를 쏟아부은 거대한 영화화 작업을 구현해 내지는 못했다. 그녀는 마침내 프루스트 소설의 아주 적은 부분만이 영화화되기까지 무려 이십일 년이란 세월을 기다려야 했다.

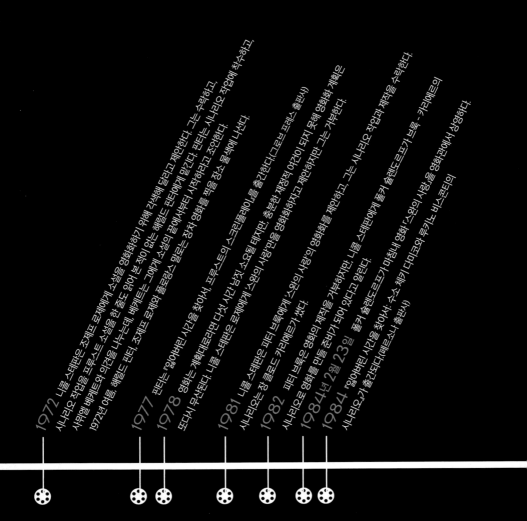

그 밖에 영화화된 『잃어버린 시간을 찾아서』
1999, 라울 루이즈, 「되찾은 시간」, 2시간 49분
2000, 샹탈 애커만, 「갇힌 여인」, 1시간 58분
2011, 니나 콤파네즈, 「잃어버린 시간을 찾아서」, 3시간 52분(텔레비전)

구글 검색을 통해서 본
『잃어버린 시간을 찾아서』

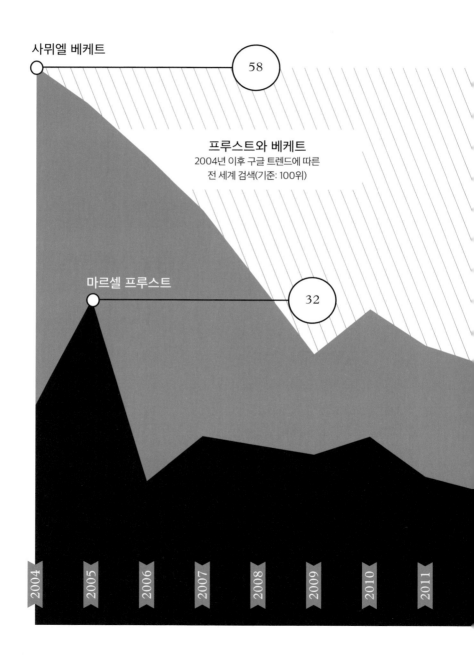

사뮈엘 베케트

58

프루스트와 베케트
2004년 이후 구글 트렌드에 따른
전 세계 검색(기준: 100위)

마르셀 프루스트

32

2004

2005

2006

2007

2008

2009

2010

2011

다양한 언어로 번역되고 있는 **프루스트의 명예가 점점 높아만 가는 가운데,** 구글을 통해 '마르셀 프루스트'를 검색하는 횟수는 전 세계적으로 줄어들고 있다. 전 세계적으로 명성을 떨치는 프루스트의 지위를 고려할 때 역설적일 수도 있지만 대부분의 고전 작가들도 동일한 경향을 나타낸다. 죽은 작가이고, 예컨대 사뮈엘 베케트와는 달리 고등학교 수업 중 거의 다뤄지지 않는 작가라면 인터넷에서 언급되기 쉽지 않다.

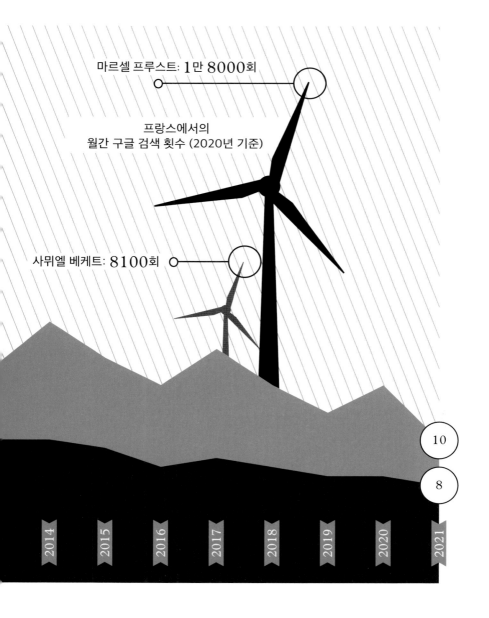

마르셀 프루스트: 1만 8000회

프랑스에서의
월간 구글 검색 횟수 (2020년 기준)

사뮈엘 베케트: 8100회

10

8

2014 2015 2016 2017 2018 2019 2020 2021

유명인들의
증언

//////////////////

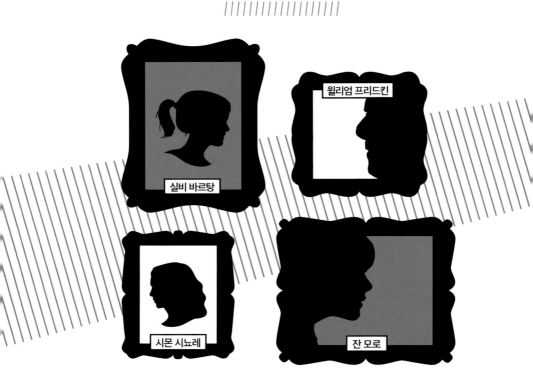

실비 바르탕

윌리엄 프리드킨

시몬 시뇨레

잔 모로

잔 모로(1928-2017)
잔은 문학을 좋아했고, 『잃어버린 시간을 찾아서』에 대해 잘 알고 있었다. 그녀는 남편인 윌리엄 프리드킨에게 프루스트의 소설을 프랑스어로 크게 낭독해 주곤 했는데, 행여 그가 이해하지 못하는 대목이 있으면 즉시 영어로 옮겨 줬다.

윌리엄 프리드킨(1935년생)
『엑소시스트』제작자인 그는 1977년 결혼 후 부인인 잔 모로로부터 『잃어버린 시간을 찾아서』를 소개받아 입문해 그의 소설에 깊은 감화를 받았다. 그는 프루스트 소설의 무대가 되는 대부분의 장소를 찾았으며, 이 같은 여정을 『마르셀 프루스트의 발자국을 따라』에서 이야기한다.

시몬 시뇨레(1921-1985)
시몬 시뇨레는 프랑스 텔레비전으로부터 어떤 책을 좋아하느냐는 질문을 받자 『잃어버린 시간을 찾아서』라고 답했다. 그러면서 그녀는 프루스트 소설 전체를 읽었다고 거짓으로 말하는 이들의 속물근성과 허영심을 애석해했다.

실비 바르탕(1944년생)
쉐 레 예 예의 프루스트[120]: 1972년 실비 바르탕은 선셋 대로(로스앤젤레스)에서 『잃어버린 시간을 찾아서』를 플레이아드판으로 읽고 있는 장면이 장 마리 페리에에 의해 사진으로 찍혔다. 이 사진은 갈리마르 출판사의 광고에 재차 수록되었고, 그 후 그녀는 미셸 폴락의 텔레비전 르포에 출연해 『잃어버린 시간을 찾아서』의 한 대목을 큰소리로 낭독했다.

자크 뒤트롱(1943년생)
파리는 프루스트가 잠드는 시각에 깨어난다. 1960년대에 젊고 수줍음 타는 자크 뒤트롱은 텔레비전에 출연해 『잃어버린 시간을 찾아서』를 읽었던 기억을 회고한다.

키아누 리브스(1964년생)
진정한 긱 아이콘이자 「매트릭스」의 주인공인 키아누 리브스는 취향을 가진 독서가다. 뒤마의 『몽테크리스토 백작』과 더불어 『잃어버린 시간을 찾아서』는 그가 좋아하는 열 권의 책 중 하나다.

파니 아르당(1949년생)
매력적인 목소리를 가진 그녀는 마르셀 프루스트 동호인 협회가 발간하는 호외지에 발표한 멋진 글에서도 알 수 있듯이, 『잃어버린 시간을 찾아서』를 잘 알고 있다.

키아누 리브스

자크 뒤트롱

파니 아르당

짐 자무시

장 루이 뮈라

짐 자무시(1953년생)
「데드 맨」에서부터 「패터슨」에 이르기까지, 문학은 짐 자무시 영화에 자양분을 제공한다. 그는 『잃어버린 시간을 찾아서』가 가장 좋아하는 책 중 하나라고 말한다.

장 루이 뮈라(1952년생)
"프루스트의 팬"이라 자처하는 오베르뉴 출신의 이 가수는 『잃어버린 시간을 찾아서』를 읽고 또 읽는다. 그는 프루스트의 소설이 자신의 일상뿐 아니라 작곡할 때도 영감을 주는 책이라고 말한다.

이브 생로랑(1936-2008)

이 유명 디자이너는 마르셀 프루스트를 숭배했다. 그는 『잃어버린 시간을 찾아서』를 꾸준히 읽었고, 오리지널 희귀본을 여러 권 소장하고 있었다. 그는 마리 엘런 드 로칠드가 프루스트 탄생 100주년을 맞이하여 개최한 기상천외한 프루스트 무도회를 위한 의상들을 디자인했다.

루이 주르당

이브 생로랑

미셸 오디아르

장 드 브루노프

루이 주르당(1921-2015)

배우이자 프랑스의 레지스탕스 단원이기도 했던 루이 주르당은 미국에 가서 '프랑스인 연인'의 원조로 활동했다. 오퓔스와 히치콕 영화로 널리 알려진 그는 『잃어버린 시간을 찾아서』를 정기적으로 읽는 매력남이었다.

미셸 오디아르(1920-1985)

노골적인 대화로 널리 알려진 영화감독인 미셸 오디아르는 『잃어버린 시간을 찾아서』의 오리지널 판본들을 소유한 박식한 독서가이자 애서가였다.

장 드 브루노프(1899-1937)

코끼리 바바를 창조해 낸 브루노프는 『잃어버린 시간을 찾아서』의 열렬한 독자였다. 프루스트의 충직한 하녀였던 셀레스트 알바레가 그에게 셀레스트 여왕이란 이름을 갖게 했을까? 해봄 직한 가정이다.

프랜시스 베이컨(1909-1992)
이 영국 출신의 대화가는 『잃어버린 시간을 찾아서』의
열렬한 독자였다. 그는 이 소설을 프랑스어와 영어로 수
차례 읽었다고 한다.

데이비드 호크니(1937년생)
팝아트 화가인 호크니는 『잃어버린 시간을 찾아서』를
숭배한다. 심지어 그의 몇몇 회화 작품들, 특히 유명한
「나의 부모님과 나 자신」에는 『잃어버린 시간을 찾아서』
영역본 문장들이 등장하기도 한다.

피에르 알첸스키(1927년생)
피에르 알첸스키는 다독가다. 그는 『잃어버린 시간을
찾아서』를 세 차례나 통독했을 뿐만 아니라, 「스완의 사랑」
에 삽화를 그려 넣기도 했고, 최근에는 '폴리오' 컬렉션
재편집본의 표지화를 그리기도 했다.

필립 K. 딕(1928-1982)
『높은 성의 사나이』의 작가가 그리는 격렬하고 음산한
세계는 얼핏 보기에 마르셀 프루스트의 세계와는 멀리
있는 듯 보인다. 하지만 그는 어느 편지에서 자신이 열아홉
살 때 『잃어버린 시간을 찾아서』를 읽었고, 자신의 시간
개념을 정립하는 데 이 소설이 영감을 줬다고 고백했다.

프루스트 관광

||||||||||||||||||||||||||||||||||||||||||||||||||||||||||||||||||||||||

페르 라셰즈 공동묘지에서부터 일리에-콩브레까지, 파리에서부터 카브르, 트루빌까지, 프루스트는 대단한 관광 욕구를 불러일으킨다. 마르셀 프루스트가 거주했던 장소 중 몇몇을 소개한다.

되찾은 시간의 빌라
마르셀 프루스트가 가이드로 나선 듯한 가운데, '벨 에포크[121]' 박물관으로 고안된 되찾은 시간의 빌라가 2021년 5월에 개관했다.

그랑토텔 카부르
이곳의 그랑토텔은 프루스트가 머물렀던
414호실을 작가에게 바치고, 부속
레스토랑에 르 발베크[122]란 이름을 붙였다.

LE GRAND HÔTEL
Cabourg

카르나발레 박물관
파리의 역사
리모델링된 카르나발레 박물관에서는
예컨대 프루스트의 유명한 외투며 방 벽에 붙인
코르크판 등 그의 개인 물품과 흔적들로
치장된 방을 관람할 수 있다.

Musée Carnavalet
Histoire de Paris

문학 호텔 르 스완
르 스완은 온전히 작가를 기리는
문학 호텔이다. 이 호텔에서는
프루스트 관련 도서들을
자유롭게 열람할 수 있다.

카부르

HÔTEL LITTÉRAIRE
LE SWANN

일리에-콩브레

파리

LE PÈRE-LACHAISE

페르 라셰즈 공동묘지
페르 라셰즈 공동묘지에는 프루스트
집안의 가족묘가 안치돼 있다.

MINISTÈRE DE LA CULTURE
MAISONS
DES
ILLUSTRES
ET DE LA COMMUNICATION

LE CHÂTEAU DE SWANN

명사들의 집
레오니 이모할머니의 집은 현재 마르셀 프루스트
박물관이 되었다. 그의 외종조부들과 이모 할머니가
거주했던 이 집에는 다양한 자료들(사진, 편지, 교정지
묶음 등)과 여러 다양한 과거 자료와 개인 소지품 들이
전시돼 있다. 박물관을 관람하고 나서 프루스트의
외종조부에 의해 조성되었고, 『잃어버린 시간을 찾아서』
에서 탕송빌 공원으로 소개되고 있는 이국적 정원인
프레 카틀랑 공원을 거닐 수 있다.

스완의 성
스완의 성인 라 시네트리는 2021년 7월에 문을
열었는데, 완전히 리모델링된 이 성은 스완과
오데트, 질베르트가 콩브레에 머물 때 사용했던
거처의 모델을 제공한 것으로 여겨진다.

169

전 세계의 프루스트
동호인들

마르셀 프루스트 협회(네덜란드)
창립일: 1972
활동 회원: 100명
협회장: 아넬리스 슐테 노르트홀트
간행물: 「오늘날의 마르셀 프루스트」

마르셀 프루스트와 콩브레 동호인회(프랑스)
창립일: 1947
회원: 700명
회장: 제롬 바스티아넬리
간행물; 「마르셀 프루스트 회보」

마르셀 프루스트 동호인회(카탈로니아)
창립일: 2014
활동 회원: 80명
회장: 아마데우 쿠이토
간행물: 「카탈루냐 마르셀 프루스트 동호인회 회보」

프루스트가 세상을 떠난 지 한 세기가 흐른 오늘날, 세계인들은 그를 기린다. 그의 소설을 아끼는 독자들이 권위 있는 학회나 독회를 세움으로써 작가를 기리고 있다.

마르셀 프루스트 협회(스웨덴)
창립일: 1978
활동 회원: 220명
회장: 에미 시몬 자월

덴마크 프루스트 협회(덴마크)
창립일: 2002
활동 회원: 120명
회장: 제스퍼 브로후스

마르셀 프루스트 게젤샤프트(독일)
창립일: 1982년 11월 18일, 쾰른에서
활동 회원: 500명
간행물: 「프루스티아나」

일본 프루스트 연구회(일본)
창립일: 1991
활동 회원: 120명
회장: 토마코 우

나폴리 마르셀 프루스트 동호인 협회(이탈리아)
창립일: 1998
활동 회원: 40명
회장: 제나로 올리비에로
간행물: 「프루스트의 노트북」

공공 장소에서
(프루스트의 공간)

연회장, 대로, 산책로, 버스 정류장, 병원, 중학교…… 프랑스 내에서든 해외에서든
프루스트의 후손들은 공공장소에 그의 이름을 결부시킴으로써 그를 기린다.

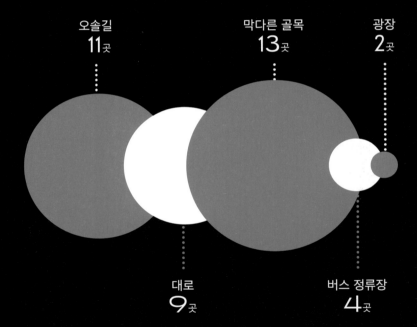

오솔길
11곳

막다른 골목
13곳

광장
2곳

대로
9곳

버스 정류장
4곳

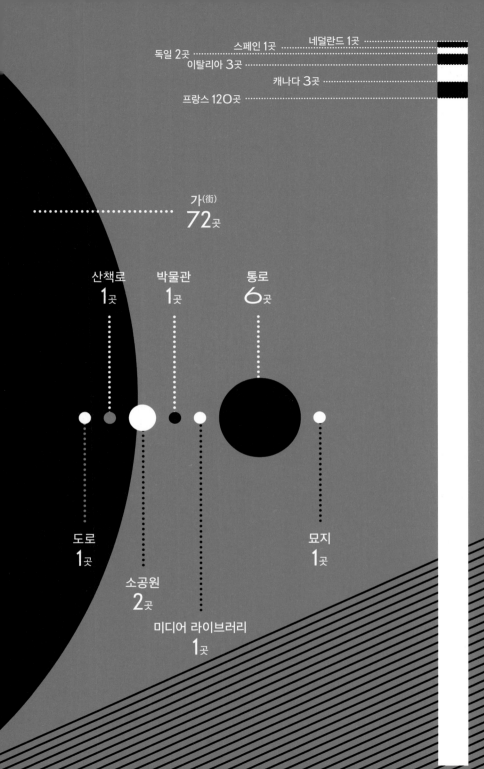

네덜란드 1곳

스페인 1곳

독일 2곳

이탈리아 3곳

캐나다 3곳

프랑스 120곳

가(街)
72곳

산책로
1곳

박물관
1곳

통로
6곳

도로
1곳

묘지
1곳

소공원
2곳

미디어 라이브러리
1곳

프루스트 - 니미에의 질문지

1958년, 로제 니미에[123]는 "프루스트의 질문지"에 답했다. 그러면서 자신이 마치 프루스트이면서 동시에 『잃어버린 시간을 찾아서』의 화자인 양 교묘하게 답했다.

마르셀 프루스트	← →	로제 니미에
내 성격의 주요 특징		
사랑받고 싶은 욕구와, 좀 더 구체적으론 애무받고 싶은 욕구, 또한 존경받기보다는 과도할지언정 귀염받고 싶은 욕구		강제 노역
다른 남성에게서 바라는 자질		
여성적 매력		여성의 감수성
다른 여성에게서 바라는 자질		
남성적 덕목들과 우정 관계에서의 솔직성		남성적 지성
친구들에게서 가장 높이 사는 자질		
애정을 매우 중요하게 생각하는 섬세한 성품을 가진 사람이라면, 나를 다정하게 대하는 태도		친구들 간의 소속감
내가 가장 좋아하는 일		
사랑하기		쥐의 박멸과 가족사진 없애기

나에게 최악의 불행이란?

엄마나 할머니를 모르고 지내기

더 이상 엄마를 볼 수 없거나
카튈 망데스의 눈 밖에 나는 일

내가 되고 싶은 것

내가 존경하는 사람들이 원하는
사람이 되기

귀족부인의 운전수

내가 가장 좋아하는 색깔

아름다움이란 색깔들에 있지 않고
그것들의 조화에 있다

벽면의 작은 띠 색깔[124]

내가 좋아하는 꽃

그(녀)의 꽃 그리고 여타의 모든 꽃

동백꽃

내가 가장 좋아하는 새

제비

새(이탈리아어로 답변)

내가 좋아하는 산문 작가들

오늘날 아나톨 프랑스와 피에르 로티

생시몽

내가 좋아하는 시인들

보들레르와 알프레드 비니

몽테스키오의 로베르
그리고 가이네머

내가 가장 좋아하는 작곡가

베토벤, 바그너, 슈만

레날도

내가 가장 좋아하는 화가

레오나르도 다빈치, 렘브란트

마들렌 르메르

실제 삶에서의 나의 영웅

다를뤼 씨, 보트루 씨

사라 베르나르

내가 좋아하는 역사 속의 여걸

클레오파트라

젊은 보나파르트 양

내가 좋아하는 이름들

이름은 오직 하나만
가질 수 있을 따름이다

몽토르손, 게스탕베르, 쿠탕스

내가 가장 싫어하는 것

내 안의 악

질투심

내가 가장 경멸하는 역사적 인물의 성격

나는 역사에 문외한이다

볼테르가 나의 캐나다 형제들을
경멸했던 것

내가 군대와 관련하여 가장 멋지다고 생각하는 일

내가 지원병으로 입대한 사실

생루의 전사

내가 가장 높이 사는 개혁

대답 없음

젊은 여성들도 군복무를 할 수
있게 되기를

내가 타고났으면 좋았을 자질

의지, 그리고 유혹하는 능력

표현력

나는 어떻게 죽고 싶은가?

최고의 인간으로,
그리고 사랑받는 인간으로

지금으로선 베르고트처럼

내 정신의 현 상태

이 모든 질문들에 답하기 위해
나 자신에 대해 생각해 봐야 하는 지겨움

두 포석 사이에 놓여 있다

나의 신조

신조 때문에 불행해질까 봐
너무나 두렵다

희망을 품기 위해 남의 말을
경청해야 한다거나 시도하기 위해
인내심을 발휘할 필요는 없다

마르셀 프루스트 ←——→ **로제 니미에**

방법론과 탐구 자료

이 책에 수록된 정보들과 컴퓨터 그래픽으로 전환된 자료들은 다양하고 또한 대단히 이질적인 출전들에서 취한 것들이다. 정보들이 누락돼 있거나 부정확한 경우도 없지 않다. 이는 실수이거나 게으름 때문이 아니다. 이 책은 다양한 출전들에 어떻게 접근하고 또 이 출전들이 믿을 만한가에 따라 그 한계를 드러낸다. 이 책의 두 쪽을 채우기 위해 때론 다수의 기본서들을 참고했고, 여러 잡지의 기사들이며 인터넷 사이트들을 훑기도 했고, 또 어떤 자료들은 직접적으로 소스(박물관, 기관들, 가족 등)에서 길어 내면서 검증하는 절차를 거쳐야 했다.

우리는 『잃어버린 시간을 찾아서』에 등장하는 다양한 경우의 수를 측정하기 위해 장 이브 타디에가 책임 편집을 담당한 '라 플레이아드' 컬렉션과 이를 이어받은 '카르토' 컬렉션(갈리마르 출판사)의 최신판을 참조했다. 고맙게도 갈리마르 출판사는 우리에게 PDF 파일을 건네주기도 했다.

참고 서적을 통해서 본 유명도(102쪽, 142-143쪽, 144-145쪽)는 에레즈 아이덴과 장 바티스트 미셸이 구글을 위해 개발한(http://books.google.com/ngrams) 통계학적 도구인 느그램 뷰어 덕에 실현될 수 있었다. 이것을 활용하면 사용자가 정의할 수 있는 기간 동안 구글이 디지털화한 책(프랑스어를 포함하여 400여 개 국어로 쓰인 2000만의 텍스트)의 어느 특정 단어나 문장의 다양한 용례를 추적할 수 있다. 이 책에 소개된 수치들은 프랑스 영역에 해당하는 수치들이며, 우리는 고의적으로 이 작업을 2000년에서 멈췄다. 사실상 2000년 이후로는 거대한 대학 도서관들이 아니라 출판사들이 작품들의 디지털화 작업을 담당하는데, 이러한 상황은 데이터에 커다란 샘플화 편차를 초래한다.

이 책에 수록된 몇몇 사전학적 데이터들(75-81쪽, 84-91쪽)은 도미니크 라베와 시릴 라베(CNRS & 그르노블 알프 대학교, 팩트 연구소)의 연구로부터 가져왔다. 이 데이터들은 소설에서 사용된 프루스트의 문체며 그가 선호한 단어들과 문장들에 관한 중요한 통계학적 수치들을 제시한다. 이들의 연구에 사용된 『잃어버린 시간을 찾아서』의 판본은 1919년에서부터 1927까지 갈리마르 출판사에서 출간한 '최초의' 판본이다. 도미니크 라베는 이렇게 말한다. "이러저러한 단어가 『잃어버린 시간을 찾아서』에서 특징적이란 사실을 말할 수 있으려면 비교의 기준과 측정 도구가 확보되어야 한다." 이들 연구자가 사용한 비교의 기준은 1800년에서 1922년 사이에 발간된 116편의 소설들이다. 이제는 고전이 되었고, 지금은 저작권 보호 기간이 만료된 작품들이다. 그 목록은 다음과 같다.

Alain-Fournier : *Le Grand Meaulnes* — Balzac, Honoré de : *Eugénie Grandet, Ferragus chef des Dévorants, Histoire de la grandeur et de la décadence de César Birotteau, La Cousine Bette, Le Colonel Chabert, Le Cousin Pons, La Duchesse de Langeais, La Femme abandonnée, la Femme de trente ans, La Fille aux yeux d'or, La Maison Nucingen, La Peau de chagrin, Le Lys dans la vallée, Le Père Goriot, Les Chouans, Les Illusions perdues, Les Secrets de la princesse de Cadignan, Sarrasine, Splendeurs et misères des courtisanes, Ursule Mirouët* — Barbey d'Aurevilly, Jules : *Le Chevalier des Touches, Les Diaboliques* — Barrès, Maurice : *La Colline inspirée, Les Déracinés* — Bourget, Paul : *Laurence Albani, Le Fantôme, Les Deux Sœurs, Le Cœur et le métier, Une idylle tragique, L'Écuyère* — Chateaubriand, François-René de : *Atala, La Vie de Rancé, René* — Daudet, Alphonse : *Le Petit Chose, Lettres de mon moulin,*

Tartarin de Tarascon — Dumas, Alexandre : *Les Trois Mousquetaires, Le Comte de Monte-Cristo, Le Vicomte de Bragelonne, Vingt ans après* — Dumas, Alexandre fils : *La Dame aux camélias* — Erckmann, Émile et Chatrian, Alexandre : *Histoire d'un conscrit de 1813* — Flaubert, Gustave : *Bouvard et Pécuchet, Madame Bovary, Un Cœur simple, L'Éducation sentimentale, Hérodias, Salammbô* — France, Anatole : *La Rôtisserie de la reine Pédauque, le Crime de Sylvestre Bonnard, Monsieur Bergeret à Paris, L'Île des Pingouins, les Dieux ont soif, La Révolte des anges, Thaïs* — Fromentin, Eugène : *Dominique* — Gautier, Théophile : *Avatar, Le Capitaine Fracasse* — Goncourt, Edmond et Jules de : *Germinie Lacerteux, Madame Gervaisais* — Huysmans, Joris-Karl : *Marthe, histoire d'une fille, À rebours* — Lamartine, Alphonse de : *Graziella, Geneviève, histoire d'une servante* — Loti, Pierre : *Madame Chrysanthème, Pêcheur d'Islande* — Maupassant, Guy de : *Bel-Ami, Boule de suif, Notre cœur, Fort comme la mort, Mont Oriol, Pierre et Jean, Une vie, 106 nouvelles* — Musset, Alfred de : *La Confession d'un enfant du siècle, Croisilles, Emmeline, Histoire d'un merle blanc, La Mouche* — Nerval, Gérard de : *Aurélia, Les Illuminés, Sylvie* — Radiguet, Raymond : *Le Diable au corps, Le Bal du comte d'Orgel* — Régnier, Henri de : *Les Rencontres de Monsieur de Bréot, La Double Maîtresse* — Rolland, Romain : *Clérambault, Jean-Christophe, L'Âme enchantée* — Sainte-Beuve, Charles-Augustin : *Volupté.* — Sand, George : *Indiana, La Mare au diable, La Petite Fadette, François le Champi* — Staël-Holstein, Anne-Louise de : *Delphine* — Stendhal : *Le Rouge et le Noir, La Chartreuse de Parme* — Sue, Eugène : *Les Mystères de Paris* — Vallès, Jules : *L'Enfant, Le Bachelier, L'Insurgé* — Verne, Jules : *Cinq semaines en ballon, De la Terre à la Lune, Le Tour du monde en 80 jours, Michel Strogoff, Le Secret de Wilhem Storitz* — Vigny, Alfred de : *Cinq-Mars, Servitude et grandeur militaires* — Villiers de L'Isle-Adam, Auguste de : *Contes cruels* — Zola, Émile : *Thérèse Raquin, La Fortune des Rougon,*

La Curée, Le Ventre de Paris, La Conquête de Plassans, La Faute de l'abbé Mouret, L'Assommoir, Nana, Au bonheur des dames, Germinal, L'Œuvre, La Bête humaine, L'Argent, La Débâcle.

이 텍스트들을 모두 합하면 1401만 1345단어에 달하며, 『잃어버린 시간을 찾아서』는 132만 7832단어에 이른다. 프루스트의 대작 소설은 비교 기준이 되었던 이 텍스트들의 9,5퍼센트에 해당하는 셈이다. 두 연구자는 『잃어버린 시간을 찾아서』를 이들 텍스트에 비교하면서 둘 사이의 편차를 측정할 수 있었는데, 그럼으로써 프루스트의 글쓰기가 갖는 특수성에 대해 새로운 조명을 비출 수 있게 되었다. 이들은 사전학적 통계에서 단어를 세기 위해 언어학자 샤를 뮐레르가 제시한 방식을 채택했다.

바이오그래피

필립 수포의 인용문은 그의 책
『잃어버린 프로필』
(메르퀴르 드 프랑스 출판사, 1963)에서 가져왔다.

- 몇몇 숫자로 보는 마르셀 프루스트 :

  Gian Balsamo, *Proust and His Banker* (The University of South Carolina Press, 2017) ; Dominique Mabin, *Le Sommeil de Proust*(PUF, 1992) ; Jean-Yves Tadié, *Marcel Proust*(Gallimard, 1996).

- 베유 쪽 — 프루스트 쪽 :

  Famille Mante-Proust ; Claude Francis et Fernande Gonthier, *Proust et les siens*(Plon, 1981).

- 인구학 – 마르셀 프루스트 시대의 프랑스 :

  Olivier Wieviorka (dir.), *La France en chiffres : de 1870 à nos jours* (Perrin, 2015); INSEE.

- 문화와 사회 – 마르셀 프루스트 시대의 프랑스 :

  Olivier Wieviorka (dir.), *La France en chiffres : de 1870 à nos jours*, op. cit.; INSEE; Jean-Baptiste Duroselle, *La France de la Belle Époque* (Les Presses de Sciences Po, 1992).

- 사건 – 마르셀 프루스트 시대의 프랑스 :

  Olivier Wieviorka (dir.), *La France en chiffres : de 1870 à nos jours*, op. cit; Jean-Yves Tadié, *Marcel Proust*, op. cit.

- 연대로 보는 전기 :

  Thierry Laget, *Marcel Proust*(ADPF-Culturesfrance, ministère des Affaires étrangères, 2004); Annick Bouillaguet, Brian G. Rogers (dir.), *Dictionnaire Marcel Proust*(Champion, 2005); Jean-Yves Tadié, *Marcel Proust*, op. cit.

출전 & 역주

- 천재성은 점성술로 예측할 수 있는가? :

  thème astral réalisé spécialement par Sabine Boccador.

- 삶, 센강 우안(右岸) :

  Jean-Yves Tadié, *Marcel Proust*, op. cit.; Henri Raczymow, *Le Paris retrouvé de Marcel Proust*(Parigramme, 2005); Hôtel Swann

- 오스만 대로 102번지에서 :

  Jean-Yves Tadié, *Marcel Proust*, op. cit.; Jérôme Picon, *Passion Proust* (Textuel, 2000) ; Marcel Proust, *Lettres à sa voisine*(Gallimard, 2013).

- 오스만 대로 102번지의 방 :

  Musée Carnavalet; Céleste Albaret, *Monsieur Proust*(Robert Laffont, 1972); Diana Fuss, *The Sense of an Interior*(Routledge, 2004). Le plan d'origine publié dans le livre de Diana Fuss est l'œuvre de l'architecte Joel Sanders.

- 레스토랑의 마르셀 프루스트 :

  Jean-Yves Tadié, *Marcel Proust*, op. cit. ; blog de l'Hôtel Swann.

- 유럽을 여행하는 마르셀 프루스트 :

  Luzius Keller, *Marcel Proust sur les Alpes*(ZOE, 2003); Jean-Yves Tadié, *Marcel Proust*, op. cit.; Marcel Proust, *Correspondance générale*, 21 volumes édités sous la direction de Philip Kolb(Plon, 1971-1993); Lettre inédite à Horace Finaly de mars ou avril 1921.

- 마르셀 프루스트의 콧수염 :

  Nicolas Ragonneau, « Moustaches de Proust, l'évolution des styles » (Proustonomics.com, 2020); Céleste Albaret, *Monsieur Proust*, op. cit.

- 마스크 취미 :

  Marcel Proust, *Le Mensuel retrouvé*(Des Busclats, 2012); Marcel Proust, *Chroniques*(Gallimard, L'Imaginaire, 2015).

- 마르셀 프루스트의 마약들 :

  Marcel Proust, *Correspondance générale*, op. cit.; Dominique Mabin,

Le Sommeil de Proust(PUF, 1992); Pierre Henry, « Marcel Proust : une désastreuse automédication » (blog Marcel Proust autrement).

- 마르셀 프루스트의 서재 – 프랑스 책 :

Jean-Yves Tadié, *Marcel Proust,* op. cit.; Annick Bouillaguet, Brian G. Rogers (dir.), *Dictionnaire Marcel Proust,* op. cit.; Perrier, Guillaume (dir.), *La Bibliothèque mentale de Marcel Proust*(Classiques Garnier, 2017).

- 마르셀 프루스트의 서재 – 외국 책과 자연과학 책 :

Jean-Yves Tadié, *Marcel Proust,* op. cit.; Annick Bouillaguet, Brian G. Rogers (dir.), *Dictionnaire Marcel Proust,* op. cit.; Perrier, Guillaume (dir.), *La Bibliothèque mentale de Marcel Proust,* op. cit.

- 연금생활자 마르셀 프루스트 :

Gian Balsamo, *Proust and His Banker,* op. cit.; Jean-Yves Tadié, *Marcel Proust, Croquis d'une épopée*(Gallimard, 2019); Marcel Proust, *Correspondance générale*, op. cit.; Rubén Gallo, *Proust Latino*(Buchet-Chastel, 2019). Le titre de cette double page est emprunté à l'article de Laure Murat, « Proust, Marcel, 46 ans, rentier » (*La Revue littéraire*, n° 14, 2005).

- 의지박약한 프루스트? 강인함의 전설 :

Bernard de Fallois, préface à *Contre Sainte-Beuve*(Gallimard, 1987).

- 페르 라셰즈 공동묘지의 프루스트 :

Jean-Yves Tadié (dir.) *Le Cercle de Marcel Proust,* tomes I à III, op. cit.

- 셀레스트 알바레, 일자리를 찾다 :

Céleste Albaret, *Monsieur Proust,* op. cit.

- 편지 쓰는 사람 :

Entretien de Nicolas Ragonneau avec Nathalie Mauriac Dyer, Proustonomics.com, 2020.

프루스트 머신

나는 이 표현을 올리비에 비커스의 책
『프루스트의 방』(플라마리옹 출판사, 2013)에서 가져왔다.
루이 드 로베르의 인용문은 그의 책 『프루스트는 어떻게 시작했나』
(뢰베이외르 출판사, 2018)에서 가져왔다

- 981 단어로 읽는 『잃어버린 시간을 찾아서』 : *RTP.*

- 완벽한 원 : *RTP.*

- 7권으로 : *RTP.*

- 이 종이 두루마리는 거의 작가의 키 높이에 달한다 :

    Pyra Wise, « Les paperoles de Proust », Revue PapierS, Janvier 2019. La paperole représentée est celle du cahier 57, Naf 16697, consultable sur Gallica.bnf.fr.

- 단어, 단어, 단어 : wikipedia.com.

- 되찾은 시제 :

    Dominique et Cyril Labbé, « Marcel Proust, *À la recherche du temps perdu* », conférence du 12 décembre 2019, Semaine Data-SHS Maison des Sciences de l'Homme, Grenoble; Dominique et Cyril Labbé, « Les phrases de Marcel Proust », in Domenica F. Iezzi, Livia Celardo, Michelangelo Misuraca, *Proceedings of the 14th International Conference on Statistical Analysis of Textual Data*(UniversItalia, Rome, 2018).

- 가장 많이 사용된 명사 20개 :

    Dominique et Cyril Labbé, « Marcel Proust, À la recherche du temps perdu », op. cit.

- 가장 많이 사용된 형용사 10개 :

    Dominique et Cyril Labbé, « *Marcel Proust, À la recherche du temps perdu* », op. cit.

- 프루스트가 좋아했던 20개 도구로서의 단어 :

  Dominique et Cyril Labbé, « Marcel Proust, *À la recherche du temps perdu* », op. cit.

- 가장 많이 사용된 동사 10개 :

  Dominique et Cyril Labbé, « Marcel Proust, *À la recherche du temps perdu* », op. cit.

- 프루스트의 문장은 시간이 흐를수록 길어진다 …… :

  François Richaudeau, « 248 phrases de Proust », *Communication et Langages* n°45, 1980.

- 프루스트의 짧은 문장과 프루스트의 긴 문장 :

  RTP. La définition usuelle d'une phrase est un énoncé qui commence par un majuscule et qui se termine par un point. Mais cette définition a ses limites : ainsi, dans < M. de Norpois >, < M. > ne saurait compter pour une phrase. Il existe dans la Recherche de nombreuses phrases d'un seul mot, par exemple des interjections (« Ah ! »).

- 프루스트의 문장 :

  Dominique et Cyril Labbé, « Marcel Proust, *À la recherche du temps perdu* », op. cit.

- 훔쳐보는 눈, 프루스트 :

  Étude commandée par l'auteur à Dominique Labbé. Le titre de cette double page est emprunté à l'essai du Slovène Evgen Bavcar, *Le Voyeur absolu*(Seuil, 1992).

- 긴 산문시 '처럼' :

  Étude commandée par l'auteur à Dominique Labbé.

- 거리로 환산한 대하소설 :

  RTP, édition Folio 1988 ; Nicolas Ragonneau, *Proustonomics, cent ans avec Marcel Proust*(Le temps qu'il fait, 2021).

- 『잃어버린 시간을 찾아서』는 끝이 없는 책? :

Nicolas Ragonneau, *Proustonomics, cent ans avec Marcel Proust,* op. cit.

- 쉼표가 많이 찍힌 소설 : *RTP.*

- 주요 등장인물들 : *RTP.*

- 되찾은 시간 가(街) :

  RTP; Didier Blonde, *Carnet d'adresses de quelques personnages fictifs de la littérature*(Gallimard, 2020); Michel Erman, *Le Bottin des lieux proustiens*(La Table Ronde, 2011).

- 스완 대 샤를뤼스 :

  Google Ngram Viewer(books.google. com/ngrams)

- 나를 찾아 나선 위대한 책 : *RTP.*

- 등장인물들을 이해하기 위한 열쇠 :

  Wikipedia; proust-personnages.fr; Robert Laffont, Valentino Bompiani, *Dictionnaire des personnages*, Robert Laffont, 1960; « Quid Proust » dans l'édition de la RTP (Bouquins); Jean-Yves Tadié, *Marcel Proust,* op. cit.; Annick Bouillaguet, Brian G. Rogers (dir.), *Dictionnaire Marcel Proust,* op. cit.; Thierry Laget et Pyra Wise, « Swann : l'hypothèse Willie Heath » (Proustonomics.com, 2020); *Le Monde de Proust vu par Paul Nadar* (Éditions du Patrimoine, 1999); Marcel Proust, *Correspondance générale,* op. cit.; Jean Marc Quaranta, *Un amour de Proust, Alfred Agostinelli 1888-1914*(Bouquins, 2021).

- "너무나 많은 공작부인들", 사실인가? : *RTP.*

- 노블레스 오블리주 : *RTP.*

- 누가 누구를 사랑하고 누가 누구와 결혼하는가? : *RTP.*

- 게르망트 가문의 가계보 :

  Willie Hachez, « Histoire et généalogie des Guermantes », *Bulletin de la société des Amis de Marcel Proust,* 1962.

- 프루스트 소설 속 인물들의 이름 :

  Nicolas Ragonneau, *Proustonomics, cent ans avec Marcel Proust,* op. cit.

- 인간 박물학자의 소설— 동물들, 식물들 :

  RTP ; Anne Simon, *La Rumeur des distances traversées*(Classiques Garnier, 2018); Michel Damblant, *Voyage botanique et sentimental du côté de chez Proust*(Georama, 2019).

- 모럴리스트 프루스트: 잊을 수 없는 몇몇 명언들 :

  quelques citations inoubliables : *RTP*.

- 공쿠르상 1919 :

  Thierry Laget, *Proust prix Goncourt, une émeute littéraire*(Gallimard, 2019).

프루스트 이후의 프루스트

버지니아 울프의 인용문은
『버지니아 울프: 버지니아 울프의 편지 Volume II, 1912-1922』
(마리네 출판사, 1978)에서 가져왔다.

- 『잃어버린 시간을 찾아서』의 들쑥날쑥한 판본들 :

  wikipedia.com, éditions Gallimard ; Nicolas Ragonneau, *Proustonomics, cent ans avec Marcel Proust,* op. cit.

- 『잃어버린 시간을 찾아서』의 해외 번역 :

  Geneviève HenrotSostero, Florence Lautel-Ribstein (dir.) *Traduire À la recherche du temps perdu de Marcel Proust, Revue d'études proustiennes* (Classiques Garnier, 2015); Nicolas Ragonneau, *Proustonomics, cent ans avec Marcel Proust,* op. cit.

- 몇몇 수치로 보는 프루스트 만화본 :

  Stéphane Heuet, communication personnelle ; éditions Delcourt.

- 대가들과의 비교 ― 19세기 위대한 소설적 전통에 맞선 프루스트 :

  Google Ngram Viewer (books.google.com/ngrams)

- 대가들과의 비교 ― 꼴등이 일등으로 되어 간다 :

  Google Ngram Viewer (books.google.com/ngrams)

- 대가들과의 비교 ― 신화에 비견되는 프루스트 :

  Google Ngram Viewer (books.google.com/ngrams)

- 대가들과의 비교 ― 소설을 통해 현대성을 이끄는 프루스트 :

  Google Ngram Viewer (books.google.com/ngrams)

- 『잃어버린 시간을 찾아서』의 판매 :

  Nicolas Ragonneau, *Proustonomics, cent ans avec Marcel Proust,* op. cit.

- 프루스트 소설의 경매가 :

  sothebys.com, wikipedia.com, gallica.com, divers sites.

- 7권으로 이루어진 『잃어버린 시간을 찾아서』를 팔다 :

  Nicolas Ragonneau, *Proustonomics, cent ans avec Marcel Proust,* op. cit. Les ventes ont été ramenées, pour les besoins statistiques, à 7 volumes.

- 명예 대 발행 부수 :

  Alban Cerisier et Pascal Fouché (dir.) *Gallimard, 1911-2011, cent ans d'édition*(BnF / Gallimard, 2011).

- 마들렌 과자에 관한 짧은 이야기 :

  Nicolas Ragonneau, *Proustonomics, cent ans avec Marcel Proust,* op. cit.; Michel Caffier, *Il était une fois… la madeleine*(La nuée bleue, 2006).

- 요리책에서 차지하는 (상당한) 분량 :

  recette de madeleine dévoilée par Maxime Beucher, créatrice de la société La Madeleine de Proust.

- 애정의 흔적: 주석들에 눌려 질식하는 프루스트 :

  Proust étouffé sous la glose : Electre; BnF; theses.fr. Chiffres arrêtés au 31 décembre 2020.

- 프루스트의 질문지 :

  Évelyne Bloch-Dano, *Une jeunesse de Marcel Proust*(Stock, 2018); Nicolas Ragonneau, Proustonomics.com ; Evan Kindley, *Questionnaire* (Bloomsbury, 2016); Léonce Peillard, *Cent écrivains répondent au « Questionnaire de Marcel Proust »* (Albin Michel, 1969).

- 유령과도 같은 영화들 — 『잃어버린 시간을 찾아서』의 영화화 :

  Florence Colombani, *Proust-Visconti*(Philippe Rey, 2006); Martine Beugnet et Marion Schmid, *Proust at the Movies*(Routledge, 2004); Nicolas Ragonneau, *Proustonomics, cent ans avec Marcel Proust,* op. cit.; « Volker Schlöndorff, *Un amour de Swann* », *L'Avant-Scène cinéma,* n°321/322, février 1984.

- 구글 검색을 통해서 본 『잃어버린 시간을 찾아서』 :

  Google Trends; Adwords.

- 유명인들의 증언 :

  Proustonomics.com; divers sites.

- 프루스트 관광 :

  Société des Amis de Marcel Proust et des Amis de Combray; sites Internet officiels du Grand Hôtel de Cabourg, de la Villa du Temps retrouvé et du Château de Swann.

- 전 세계의 프루스트 동호인들 :

  sites officiels des différentes sociétés d'amis de Marcel Proust.

- 공공장소에서(프루스트의 공간) :

  fichier extrait d'OpenStreetMap. par Baptiste Laget.

- 프루스트 – 니미에의 질문지 :

  Le Questionnaire de Proust(Papeterie Gallimard, 2020) ; *Le Questionnaire de Proust*(Textuel, 2016) ; Léonce Peillard, *Cent écrivains répondent au « Questionnaire de Marcel Proust »*, op. cit.

색인

색인

찾아보기

194

감사의 말

저자는, 셀레스트, 레오나르, 앙젤, 에마뉘엘, 티에리 라게, 마리 니미에, 장 이브 타디에, 파이라 와이즈, 나탈리 모리악 디에르, 디아나 퓌스, 조엘 샌더스, 지앙 발자모, 제롬 프리외르, 안 로즈 솔, 카르나발레 박물관, 장 바티스트 미셸, 브누아 퓌트망스, 안 시몽, 에릭 드장드르, 알방 스리지에, 갈리마르 출판사, 장 이브 파트, 막심 뵈셰르, 도미니크 라베, 시릴 라베, 사빈 보카도르, 카트린 가르니에, 장 마르크 카랑타, 미크 르바스, 소피 베르토, 위르장 리트, 제나로 올리에로, 닐 애슐리 콘라드, 발레리아 가이아르, 자크 르테르트르, 엘렌 몽장, 문학호텔 사(社), 미자토 & 에마뉘엘 라이아르, 오드 시리에, 아니 앵베르, 제롬 바스티아넬리, 에릭 앵게르, 도미니크 마뱅, 마르틴 쇼보, 마르셀 프루스트와 콩브레 동호인회에 감사드린다.

우리는 왜 소설을 읽는가?

벌써 한참 전 일이다. 사실인즉 비단 한두 차례만 있었던 일도 아니다. 내가 대학 시절 이후 가장 자주 받은 질문은 내 전공이 무엇이냐는 것이었다. 대개 어문학과에서 전공을 언급할 때는 우선 어학 전공인가 아니면 문학 전공인가를 따지고, 그러고 나서 예컨대 문학 전공일 경우 어떤 작가의 작품을 가지고 논문(석·박사 학위 논문. 학사 학위만 겨냥할 때는 전공이 없는 셈이나 마찬가지라고 할 수 있다.)을 썼느냐를 따진다. 프랑스 문학을 전공한 나로선 마르셀 프루스트란 작가의 대하소설 『잃어버린 시간을 찾아서』를 대상으로 석·박사 논문을 썼으니 내 전공은 으레 마르셀 프루스트, 혹은 이 작가가 주로 20세기에 활동한 만큼 프랑스 현대 소설이라고 답하면 되었다. 사실상 박사 학위 논문을 준비하던 당시 나는 프루스트의 소설보다 정신분석 비평에 관한 서적들에 더욱 심취했건만…… 오늘날 사람들이 내 전공이 무엇이냐고 물으면 가장 정확한 답변은 마르셀 프루스트의 소설에 대한 정신 분석 비평일 것이다.

그런데 사람들이 내 전공이 무엇이냐고 물었을 때 내가 마르셀 프루스트라고 답하면 "아하, 「가지 않은 길」을 쓴 프로스트요?"란 답변을 듣는 일이 적지 않았다. 그러면 나는 미국 시인 로버트 프로스트가 아니라 프랑스의 소설가 마르셀 프루스트, 혹은 그의 소설 『잃어버린 시간을 찾아서』를 대신 언급하곤 한다. 프로스트의 시 「가지 않은 길」이 워낙 매력적인 시이긴 하지만 아마도 이 시가 교과서에 수록되어 있었던 까닭에 이런 답변이 생겨난 것은 아닐까 생각한다. 마르셀 프루스트란 이름이

아직 우리나라 독자들에겐 생소한 편인 듯하지만(지금은 꽤 괜찮은 번역서도 여러 종 출간되었지만 생각만큼 많이 읽히지 않은 듯하다.) 프랑스 내에서의 평판은 사뭇 다르다. 프랑스인 치고 설사 프루스트의 소설을 읽은 적은 없지만 모를 사람은 아무도 없으며, 내가 프루스트를 전공했다고 말하면 내 얼굴을 다시 한 번 쳐다볼 정도로, 프루스트는 프랑스, 아니 세계적으로도 다섯 손가락 안에 꼽히는 대단한 작가로 여겨지는, 말하자면 프랑스에서는 '국보급' 작가다.

우리는 왜 소설을 읽는 것일까? 물론 특정 소설을 읽게 되기까지에는 무척이나 다양한 이유가 존재할 법하다. 학자나 비평가일 경우 의무적으로 어떤 소설을 읽어야 한다거나, 학교에서 권장 도서로 읽으라고 해서, 혹은 우연히 손에 집힌 책이 소설책이라서, 친구나 지인의 권유로 등등…… 나로 말할 것 같으면, 내가 프루스트 소설에 빠져 평생을 곁에 두게 된 연유는 — 과연 무엇일까? 비단 나뿐만은 아닐 게다. — 거두절미하고 그의 소설이 너무나 재미있기 때문이다. 소설을 의무적으로 읽어야 할 경우가 없지 않지만, 아무래도 소설은 읽는 사람의 의향이나 욕망에 크게 좌우될 것 같다. 설사 의무적으로 어느 특정 소설을 읽어야 하는 문학 전공자라 하더라도 성에 차지 않으면 다른 작품으로 바꾸기만 하면 될 일 아니겠는가. 학식이나 지식을 얻기 위해 소설을 읽는 경우는 좀처럼 없기 때문이다.

프루스트는 소설 서두 어디에선가 소설의 주제는 그 어떠한 것이라도 상관없다는 말을 한 바 있다. 예컨대 거창한 주제가 아니라도 상관없고, 소설의 주인공이 굳이 평균보다 잘난 사람이 아니어도 상관없다는 것이다! 이를테면 '나'처럼 평범하기 짝이 없는 사람의 평범하기 짝이 없는 삶도 얼마든지 문학의 중심 주제가 될 수 있다. 왜냐하면 진정으로 중요한 것은 주제의 거창함 따위가 아니라, 세상을 어떻게 바라다보느냐에 달려 있기 때문이란다. 실제로 나는 프루스트의 소설 중 벌판에 부는 바람이나 지붕 기와 위로 떨어지는 햇빛에 관한 묘사 따위를 무척이나 좋아한다. 누구라도 겪어 봤을 시시콜콜한 주제들이 아닌가. 물론 프루스트 소설에 거창한 주제들이 빠져 있다고 말하긴 힘들지만, 『잃어버린 시간을 찾아서』는 지난날에 관한 그렇고 그런 이야기들을 담고 있다. 1000여 편의 에피소드들이 모여 한 편의 대하소설을 구성하고 있다고도 말할 수 있다. 어디 그뿐일까? 프루스트는 문학 비평의 본령은 어디까지나 문학 작품이어야 하며 그 작품을 쓴 작가는 그리 중요하지 않다고 말한다. 문학 비평에 가히 혁명적인 변화를 가져온 현대적 문학관이라고 할 수 있다. 프루스트 이전까지만 해도 문학 비평이란 어느 특정 작품을 집필한 작가에 관한 연구일 경우가 대다수였기 때문이다. 마치 작가에 관해 많이 알고 있으면 그가 집필한 작품에 관해 많이 알게 되는 셈이라도 되는 양…… 어째서 이런 일이 벌어질까. 정신 분석학에서는 그 까닭이 우리의 무의식에 간직된 부모의 상(像) 때문이라고 말한다. 부모를 향한 어찌하지 못할 관심이나 호기심이 문학 작품을 접하면서 작가에게 쏠리게 된다는 것이다.

기발한 발상과 유머로 가득한 니콜라 라고뉴의 『프루스트 그래픽』은 그 어느 책보다 소설가 마르셀 프루스트를 겨냥하여 파고드는 책이다. 이를테면 마르셀 프루스트의 문학관에 반하는 책이라고도 말할 수 있다. 왜냐하면 이 책은 소설 속 '가상 현실'(프루스트는 이를 '창조적 현실'이라 부를 터이다.)뿐 아니라, 자연인 마르셀 프루스트를 주요 탐구 대상으로 삼고 있기 때문이다. 예컨대 특정 연도에 마르셀 프루스트가 보유한 재산 정도며 보유 주식 종류, 그가 살았던 거처들의 주소, 그가 접했던 (사교계) 인사들의 신상에 관한 정보, 그가 살았던 당시 사회의 다양한 모습들, 그의 책장에 꽂혀 있던 책들, 그가 복용했던 마약 종류, 특정 시기에 그가 길렀던 수염의 종류 등등 이제껏 그 누구도 시도해 본 적 없는 엉뚱하지만 대단히 시사적일 법한 정보들을 잔뜩 담고 있다. 프루스트 전공자의 한 사람으로서 이 책만큼 마르셀 프루스트에 관해 이토록 참신하면서도 많은 정보를 제공하는 책은 본 일이 없다. 솔직히 말해 이 책을 읽고 나서 마르셀 프루스트의 기념비적 소설 『잃어버린 시간을 찾아서』에 관한 관심이 더욱 커졌으며, 자연인 마르셀 프루스트란 한 인간에 관한 기록이 그가 집필한 소설 못지않게 흥미를 자아낼 수 있음을 실감하지 않을 수 없었다. 이 책은 소설가 마르셀 프루스트가 주장한 문학관과는 별개로, 흥미로운 어느 특정 자연인에 관한 진기한 기록이라고 볼 수 있을 법하다. 어쩌면 문학 작품을 만들어 낸 작가에 대한 독자의 호기심이 영영 사라지기는 힘들다는 점을 웅변해 주는 책인지도 모른다. 문학 작품과 작가, 문학 작품과 독자 사이에 존재하는 다양한 관계는 앞으로도 두고 두고 천착해 봐야 할 본질적인 문학적 주제다.

우리가 소설을 읽을 때는 과연 무엇을 읽는 걸까? 작가가 만들어 낸 가상 현실? 작품 안에 투영된 작가의 삶? 아니면 문학 작품이란 우회로를 택한 독자들의 내면 세계? 이 또한 앞으로 두고두고 밝혀 내야 할 문학적 주제가 아닐 수 없다. 개인적으로 나는 우리가 소설을 읽는 궁극적인 이유가 작가 자신이라기보다, 바로 우리 자신에 대해 읽는 것이기 때문이라고 생각한다.

2022년 10월
정재곤

옮긴이 주

1 엔리코 카루소(Enrico Caruso, 1873-1921). 19세기 말부터 20세기 초에 활동했던 이탈리아 태생의 음악가이다. 음반을 낸 최초의 성악가로 당대에 엄청난 인기를 누렸다.

2 영화 「01년」은 제베(Gébé)의 만화를 원작으로, 자크 두아용이 1973년에 제작한 프랑스의 코미디 영화다. 1970년대 프랑스를 풍미했던 다양한 자유주의풍의 주제를 보여 준다.

3 아나톨 세르베르와 쥘 크리스토프는 오노레 드 발자크의 소설 『인간 희극』에 등장하는 인물들을 망라하는 인명 사전인 『오노레 드 발자크의 『인간 희극』 목록』을 1887년에 출간한다.

4 샤를 도데(Charles Daudet, 1892-1960). 프랑스의 출판업자로 1927년에 『『잃어버린 시간을 찾아서』의 등장인물 목록』을 발간했다.

5 프루스트가 매음굴에서 쥐들을 쇠꼬챙이로 찔러 죽일 만큼 정신병적 가학증의 소유자란 소문을 말한다.

6 니콜라 라고뉴를 가리킨다.

7 1794년 파리에서 문을 연 과학 기구 및 발명품 들을 소장하고 있는 박물관이다.

8 앙투안 로랑 라부아지에(Antoine-Laurent Lavoisier, 1743-1794). 현대 화학의 아버지로 불리는 프랑스의 과학자로 특히 미터법 제정을 주도했다.

9 작은 직물 조각들을 함께 재봉하여 커다란 무늬를 만들어 내는 바느질 형태이다.

10 로베르트 발저(Robert Walser, 1878-1956). 스위스 출신 문학가로 미니멀리즘을 지향하는 시와 소설을 발표했다.

11 투사 검사의 일종으로, 물감으로 찍은 대칭 그림들을 통해 심리 검사가 이뤄진다.

12 프랑스의 여류 소설가 조르주 상드의 소설로 『잃어버린 시간을 찾아서』에서 어린 시절 마르셀의 엄마가 그에게 읽어 주곤 하던 소설이다. 소설 제목은 '업둥이 프랑수아' 정도의 뜻이다.

13 「스완네 집 쪽으로」의 초반부에 등장하는 비봉강의 유리 통발의 일화를 암시하는 듯하다. 이 유리 통발은 가두는 용기이기도 하지만 가둬지기도 하고 내용물이기도 한 '뫼비우스의 띠'의 성격을 가진 것으로 그려진다.

14 벤 스콧(Ben/Benjamin Schott, 1974~). 영국의 작가이자 사진 작가로 『스콧 씨의 잡문』으로 유명하다.

15 1870년부터 1871년까지 프로이센과 프랑스가 에스파냐 국왕의 선출 문제를 둘러싸고 벌인 보불 전쟁을 말한다.

이 책의 저자와 이미지 작업자는 공교롭게도 '니콜라'란 동일한 이름을 가지고 있다. 이 두 사람은 이름뿐 아니라 책 콘셉트에 있어서도 동일한 의견을 가지고 있는 것으로 간주된다.

16 콩브레 마을이 소재하는 곳이다. 현재는 일리에-콩브레라 불린다.

17

18 프랑스 대입 예비고사.

알프레드 드레퓌스(Alfred Dreyfus, 1859-1935년). 유태인 혈통의 프랑스 육군 대위로, 19세기 말에서 20세기 초까지 프랑스의 국론을 양분했던 드레퓌스 사건의 주인공이다. 유태인 혈통 탓에 억울하게 독일 스파이란 혐의를 받게 되었으며, 이 사건은 당시 프랑스에 엄청난 사회적 반향을 불러일으켰다.

19 자연주의 소설가인 에밀 졸라는 「나는 고발한다」란 글을 발표하는 등 적극적으로 드레퓌스 옹호에 나

선다.

20 작품 자체보다 작가의 전기적 사실들을 강조했던 문학비평가 생트뵈브의 입장에 반대하는 프루스트의 비평서다.

21 프루스트의 전속 운전사로, 그의 동성애 대상이었다. 비행술을 배우려 했던 그의 환심을 사기 위해 프루스트는 그에게 비행기를 선물하려고 했다. 『잃어버린 시간을 찾아서』에서는 화자가 애증이 뒤섞인 사랑을 바쳤던 여성 알베르틴으로 화해 등장하는 것으로 알려져 있다.

22 프루스트를 섬겼던 마지막 하녀로, 그에 관한 주목할 만한 전기를 남겼다.

23 NRF는 '신프랑스 르뷔(Nouvelle Revue Française)'의 약어로, 머지않아 갈리마르 출판사로 바뀐다.

24 앙리 라치모프(Henri Raczymow, 1948년~). 프랑스의 작가로 유태인으로서의 정체성을 주제로 한 여러 소설을 발표했다.

25 파리 마레 지역에 소재하는 피카소 미술관이다.

26 프루스트가 음용했던 탄산수다.

27 대표적인 프루스트 연구가 중 한 명이다.

28 아벨 에르망(Abel Hermant, 1862-1950). 프랑스의 소설가이자 극작가, 수필가로서 아카데미 회원이었다.

29 콩스탕탱 드 브랑코방(Constantin de Brancovan, 1875-1967). 루마니아의 왕족으로 프루스트의 오랜 친구이다.
프랑스 초기 낭만주의 시대에 활약했던 여류 문학가다.

30 호레이스 피날리(Horace Finaly, 1871-1945년). 헝가리 출신의 은행가로, 오랜 동안 파리바 은행장으로 활동했다.

31 마리 노르들링거(Marie Nordlinger, 1876-1961). 영국 출신의 재능 있는 화가이자 조각가로, 프루스트와 오랜 동안 서간을 주고받았던 인물이다.

32 조토(Giotto di Bondone, 1267-1337). 이탈리아 피렌체 태생의 화가로, 이탈리아 르네상스 미술의 선구자로 꼽힌다.

33 쥘 미슐레(Jules Michelet, 1798-1874). 19세기 최고의 프랑스 역사학자로, 사실상 역사학뿐 아니라 신화, 풍습 분야 등에서도 맹활약했다.

34 에밀 말(Émile Mâle, 1862-1954). 프랑스의 미술 사학자로 특히 중세 프랑스 예술에 조예가 깊었다.

35 모리스 마테를링크(Maurice Maeterlinck, 1862-1949). 벨기에의 시인이자 극작가, 수필가이다. 그의 작품의 주된 주제는 죽음과 삶의 의미였다. 1911년 노벨 문학상을 수상했다.

36 리오넬 오세르(Lionel Hauser, 1868-1958). 프루스트와 인척 관계에 있었던 은행가이자 프루스트의 재정 담당자이다.

37 프루스트의 미발표 원고들을 한데 모아 최근에 출간한 책이다.

38 프랑스어에서 'lettre'는 편지의 의미뿐 아니라 '문학'의 의미도 가지고 있다.

39 루이 드 로베르(Louis de Robert, 1871-1937). 프랑스의 작가로 1911년 페미나상을 수상했다. 그는 드레퓌스 사건이 한창일 때 에밀 졸라와 친교를 맺고, 재판 중에 그를 열렬히 옹호한다.

40 베르고트는 『잃어버린 시간을 찾아서』에 등장하는 가상의 문학가이다. 화자에게는 일종의 멘토와 같은 존재로, 화자의 문학 세계를 이끄는 역할을 한다.

41 포부르생제르맹(Foubourg Saint-Germain)은 파리 7구에 소재하는 전통적인 귀족 집단 거주 지역으로, 프랑스 최고의 사교계를 일컫기도 한다.

옮긴이 주

42 라 라스플리에르(La Raspelière)는 발베크 부근에 소재하는 가상의 대저택으로, 소유주인 캉브르메르가가 베르뒤랭 부부에게 세를 준 것으로 되어 있다.

43 '심정의 간헐(Intermittences du coeur)'이란 주체가 사건이 벌어지던 당시엔 느끼지 못했던 감정들이 한참 후 뒤늦게 되살아나는 특이한 심리 상태를 일컫는다. 구체적으론 화자가 할머니의 죽음을 뒤늦게 깨닫고 오열하는 장면을 일컫는다. 마르셀 프루스트는 한때 『잃어버린 시간을 찾아서』란 제목 대신 '심정의 간헐'을 고려했던 적이 있다.

44 마르셀 프루스트, 김희영 옮김, 『잃어버린 시간을 찾아서 7』(민음사, 2019) 참조.

45 바르베 도르비이(Barbey d'Aurevilly, 1808-1889년). 프랑스의 소설가로 주로 기이한 환상 소설을 썼다.

46 공쿠르 형제(Frères Goncourt). 프랑스의 소설가 형제이다. 형은 에드몽(Edmond, 1822-1896)이고, 동생은 쥘(Jules, 1830-1870)인데, 19세기 후반의 사실주의, 자연주의 문학을 표방했다. 이들의 이름을 딴 문학상이 유명하다.

47 앙리 베르그송(Henri Bergson, 1859-1941). 노벨 문학상을 수상한 프랑스의 철학자로, 흔히 생의 철학자로 구분된다.

48 모리스 바레스(Maurice Barrès, 1862-1923년). 프랑스의 작가, 시사평론가, 정치가이다. 그는 전통적인 국가주의자, 애국주의자로 이름이 높았다.

49 존 러스킨(John Ruskin, 1819-1900). 영국의 작가이자 예술평론가, 화가, 사회 사상가이다. 그는 예술 분야뿐 아니라 건축, 문학, 교육, 경제학, 지질학 등 다방면에 걸쳐서 글을 남겼다.

50 안나 드 노아유(Anna de Noailles, 1876-1933). 루마니아, 그리스 혈통의 프랑스 작가이자 시인으로, 특히 프랑스의 마지막 낭만파 시인으로 꼽힌다.

51 아나톨 프랑스(Anatole France, 1844-1924). 프랑스의 명망 높은 대작가로, 1921년 노벨 문학상을 수상했다. 아카데미 회원이기도 했으며, 다수의 풍자소설과 평화주의를 강조하는 소설들을 남겼다.

52 기욤 르쾨(Guillaume Lekeu, 1870-1894). 벨기에의 작곡가로 요절하기 전까지 음악 천재로 숭앙받았다.

53 가브리엘 피에르네(Gabriel Pierné, 1863-1937). 프랑스의 작곡가이자 지휘자, 피아니스트, 오르간 연주자이다. 실내악, 관현악, 오페라 등 많은 작품을 남겼다.

54 르네 블룸(René Blum, 1878-1942). 유태인 혈통의 프랑스 저널리스트이자 미술평론가이다. 그는 특히 무대 예술에서 탁월한 재능을 발휘했다.

55 루이 베유(Louis Weil, 생몰연대 미상). 프루스트 모친의 삼촌으로, 프루스트는 파리 오퇴유 지역에 소재했던 이 분 소유의 집에서 태어난다.

56 르네 캥펠(René Gimpel, 1881-1945). 프랑스의 유명한 미술품 딜러로, 유태인 혈통인 관계로 독일 강제수용소에 끌려가 사망한다.

57 샤를 에프뤼시(Charles Ephrussi, 1849-1905). 프랑스의 미술비평가이자 수집가였다. 또한 그는 명망 높은 미술 잡지의 편집자였다.

58 윌리 히스(Willie Heath, ?- 1893). 파리에 거주하던 미국인으로, 알려지지 않은 마르셀 프루스트의 친구(혹은, 동성애 상대)로서 샤를 스완의 모델로 알려져 있다.

59 샤를 아스(Charles Haas, 1833-1902). 프랑스의 사교계 명사로, 엄청난 부를 누렸던 유태인이다.

60 마리 베나르다키(Marie Bénardaky, 1855-1913). 프랑스의 사교계 여성으로 어린 시절 프루스트의 연인이었던 것으로 유명하다.

61 라 베로디에르 부인(Mme de Béraudière, ?-1930). 프랑스의 사교계 여성으로 19세기 프랑스 예술품의

중요 소장자 중 하나이다.

62   마르그리트 드 피에르부르그(Margrite de Pierrebourg, 1856-1943). 클로드 페르발이란 필명으로 더욱 널리 알려진 프랑스의 여류 소설가이자 전기 작가, 시인이다.

63   주느비에브 스트로스(Geneviève Straus, 1849-1926). 변호사 에밀 스트로스와 재혼하기 전 주느비에브 알레비로 알려진 프랑스의 사교계 여성이다.

64   로르 드 사드(Laure de Sade, 1859-1936). 세비녜 백작과 결혼하여 세비녜 백작부인으로 불리기도 한 그녀는 19세기 말에서 20세기 초까지 파리의 사교계를 주름잡던 여성 중 하나이다.

65   루이 나폴레옹 드페르(Louis Napoléon Defer, 1860-1951). 프랑스의 가수로 유명 가수를 흉내 내는 모창으로 명성을 떨쳤다.

66   사강 왕자(Prince de Sagan, 1859-1937). 탈레랑(Talleyrand) 공작의 작위를 가지고 있기도 한데, 프랑스의 사회주의자이다.

67   자크 도아장(Jacques Doäzan, 1840-1907). 알베르 아가피트(Albert-Agapit)의 가명으로, 프루스트가 출입하던 오베르농 부인의 사교계에 함께 드나들던 인물이다.

68   로베르 드 몽테스키우(Robert de Montesquiou, 1855-1921). 프랑스의 상징주의 시인이자 문학가, 문예 비평가이다. 댄디이지만 건방진 댄디로, 프루스트 소설의 샤를뤼스의 모델이라 여겨지는 인물이다.

69   엘렌 드 페뤼스 데 카르스(Hélène de Pérusse des Cars, 1847-1933). 빼어난 미모로 명성 높은 사교계 여성으로, 그녀는 자신의 파리 사교계에 프루스트를 포함한 수많은 문인들을 들였다.

70   그레퓔 백작부인(Contesse Greffulhe, 1860-1952). 프랑스의 사교계 여성으로 빼어난 미모와 포부르 생제르맹 사교계의 여왕으로 군림했다.

71   에르네스틴 갈루(Ernestine Gallou, 생몰연대 미상). 실제 콩브레 마을 아미오(Amiot) 집안에서 일했던 요리사이다.

72   펠리시 피토(Félicie Fiteau, 생몰연대 미상).

73   메리 피날리(Mary Finaly, 생몰연대 미상). 프루스트와 절친 사이였던 헝가리 출신의 은행가 호레이스 피날리의 여동생으로, 프루스트가 연모했던 여성이다.

74   마리 드 슈비이(Marie de Chevilly, 생몰연대 미상). 작가를 숭배하던 젊은 여성이다.

75   알베르 르 퀴지아(Albert Le Cuziat, 1881-?). 프루스트가 출입했던 남성 동성애자들을 위한 매음굴의 소유주이다.

76   알베르 나미아스(Albert Nahmias, 생몰연대 미상). 프루스트를 위해 다양한 역할을 수행했던 그의 비서 겸 동성애 상대였던 것으로 간주된다.

77   앙리 로샤(Henri Rochat, 생몰연대 미상). 프루스트가 파리의 리츠 호텔에서 마주친 웨이터로 동성애 상대였던 것으로 여겨지는 인물이다.

78   보니 드 카스텔란 후작(Marquis Boni de Castellane, 1867-1932). 프랑스의 귀족으로 정치인이다. 그는 벨 에포크 시대의 미식가이자, 미국 철도의 상속녀 안나 굴드의 첫 번째 남편으로 명성이 높았다.

79   레옹 라지위우 왕자(Prince Léon Radziwill, 1880-1927). 일명 로슈(Loche)로도 불렸던 폴란드 출신의 프랑스 귀족이다.

80   가스통 드 카이아베(Gaston de Caillavet, 1869-1915). 프랑스의 극작가로, 외조부가 점잖은 유태인 은행가였다.

81   드 기슈 공작(Duc de Guiche, 1637-1673). 프랑스의 귀족으로, 모험가이자 17세기의 가장 요란한 바람

등이였다.

82 베르트랑 드 페늘롱(Bertrand de Fénelon, 1878-1914). 마르셀 프루스트의 절친이었던 그는 프랑스의 외교관이다.

83 페르낭 그레그(Fernand Gregh, 1873-1960). 프랑스의 시인이자 문학비평가이다. 아카데미 회원이기도 했다.

84 프랑시스 드 크루아세(Francis de Croisset, 1877-1937). 벨기에 출신의 프랑스의 극작가이다. 또한 그는 소설가이면서 오페라 대본가였다.

85 레옹 브룅슈비크(Léon Brunschvicg,1869-1944). 유태인 혈통의 프랑스의 관념론 철학자이다.

86 피에르 퀼라르(Pierre Quillard, 1864- 1912). 프랑스의 상징주의 시인이자 극작가, 번역가, 기자였다.

87 알렉산더 해리슨(Alexander Harrison, 1853-1930). 프랑스에서 경력을 쌓은 미국인 해양 화가이다.

88 제임스 휘슬러(James Whistler, 1934-1903). 주로 영국에서 활동했지만, 미국의 화가이다. 뛰어난 해양 화가이다.

89 폴 세라르 엘뢰(Paul César Helleu, 1859-1927). 프랑스의 화가이다. 벨 에포크의 수많은 아름다운 여성들의 초상화를 남겼다.

90 에두아르 뷔야르(Édouard Vuillard, 1868-1940). 프랑스의 화가이자 장식예술가, 판화가이다.

91 레잔(Réjane, 1856-1920). 19세기 후반과 20세기 초에 활동했던 프랑스의 여배우이다.

92 사라 베르나르(Sarah Bernardt, 1844-1923). 프랑스의 연극배우이다. 매우 극적인 연기를 펼쳤던 당대 최고의 프랑스 여배우이다.

93 『잃어버린 시간을 찾아서』 2권.

94 롤랑 도르줄레스(Roland Dorgelès, 1885-1973). 프랑스의 소설가이자 신문기자이며, 공쿠르 아카데미의 회원이다.

95 레옹 앙니크(Léon Hennique, 1850-1935). 프랑스의 자연주의 소설가이자 극작가이다.

96 레옹 도데(Léon Daudet, 1867-1942). 프랑스의 작가이자 저널리스트, 정치인이다. 그는 무명 시절의 마르셀 프루스트와 친구 사이였다.

97 장 아잘베르(Jean Ajalbert, 1863-1947). 프랑스의 미술비평가이자 변호사, 자연주의 작가이다.

98 형 J. H. 로니(J.H. Rosny aîné, 1856-1940). 벨기에 출신의 프랑스의 작가로, 현대 SF의 선구자로 꼽힌다. 동생 로니(Rosny jeune, 1859-1948)는 벨기에 출신의 프랑스의 작가로, 형이 동생보다 널리 알려지긴 했지만 두 사람의 공동 작업으로 탄생한 작품들이 적지 않다.

99 뤼시앵 데카브(Lucian Descave, 1861-1949). 프랑스의 소설가이다.

100 엘레미르 부르주(Élémir Bourges, 1852-1925)는 프랑스의 소설가로, 공쿠르상을 수상했다.

101 에밀 베르주라(Émile Bergerat, 1845-1923). 프랑스의 시인이자 극작가, 수필가이다.

102 앙리 세아르(Henry Céard, 1851-1924). 프랑스의 소설가이자 시인, 극작가, 문학비평가이다. 자연주의를 표방하는 그는 에밀 졸라와 매우 가깝게 지냈다.

103 귀스타브 제프루아(Gustave Geffroy, 1855-1926). 프랑스의 저널리스트이자 미술평론가, 역사가, 소설가이다. 아카데미 공쿠르를 창립한 10명 중 하나이다.

104 문고본의 일종이다.

105 이후 김창석, 이형식, 김희영, 김화영, 정재곤.

106 발자크를 말한다.

107 뤼시앵 도데(Lucien Daudet, 1878-1946). 알퐁스 도데의 아들로, 다작의 소설가이자 화가였다.

108 루이 브랭(Louis Brun, 생몰연대 불명). 프루스트가 『잃어버린 시간을 찾아서』의 첫째 권인 「스완네 집 쪽으로」를 펴낸 그라세 출판사의 비즈니스 파트너이다.

109 마리 세케비치(Marie Scheikévitch, 1882-1964). 러시아 출신의 프랑스 저술가로, 프루스트와 절친했으며, 그에 관한 여러 책들을 펴냈다.

110 조제프 케셀(Joseph Kessel, 1898-1979). 프랑스의 언론인이자 소설가이다. 아카데미 회원이기도 하다.

111 쥘 로맹(Jules Romain, 1885-1972). 프랑스의 극작가이자 소설가이다. '일체주의'라 칭해지는 문학이론을 실제에 적용한 것으로 유명하다.

112 로렌 지방의 도시로, 마들렌 과자의 본고장으로 꼽히는 곳이다.

113 1960년대 말 유럽에서 개발된 다중 기준 결정 분석틀을 말한다.

114 앙드레 모루아(André Maurois, 1885-1967). 프랑스를 대표하는 전기 작가이자 소설가, 역사가, 평론가이다.

115 레옹스 페야르(Léonce Peillard, 1898-1996). 프랑스의 군역사가이다.

116 베르나르 피보(Bernard Pivot, 1935-). 프랑스의 저널리스트이자 저명한 텔레비전 교양 프로그램의 진행자이다.

117 자크 리베트(Jacques Rivette, 1928-2016). 프랑스의 영화감독이자 시나리오 작가, 영화평론가, 잡지 편집자이다. 누벨바그의 중심인물이다.

118 페데리코 펠리니(Federico Fellini, 1920-1993). 이탈리아의 영화인으로, 20세기 가장 영향력 있는 영화감독 중 한 명으로 꼽힌다.

119 루키노 비스콘티(Luchino Visconti, 1906-1976). 이탈리아의 영화인으로, 소위 말하는 이탈리아 네오리얼리즘 3대 작가 중 하나이다.

120 "쉐 레 예, 예"는 1960대 말, 프랑스에서 "예, 예" 하며 노래 불렀던 여성 대중가요 가수들을 빗대는 말로, 비유적으로 '대중가요 가수가 읽는 프루스트' 정도로 이해될 듯하다.

121 19세기 말에서 20세기 초까지, 프랑스(특히, 파리)가 풍요로운 시대였음을 일컫는 말이다.

122 『잃어버린 시간을 찾아서』에 등장하는 가상의 바닷가 휴양 도시다.

123 로제 니미에(1925-1962). 프랑스의 소설가이다.

124 페르메이르 「델프트 전경」에서 볼 수 있는, 햇빛에 반사하여 반짝이는 벽면의 노란색 작은 띠의 일화에서 인용한 것으로 보인다.

정재곤 옮김

정재곤(鄭在坤)은 서울대 인문대학원 불문학과를 졸업하고, 프랑스 파리 8대학에
서 마르셀 프루스트의 소설에 대한 정신분석 비평으로 박사 학위를 받았다. 옮긴
책으로 『가난한 사람들을 위한 은행가』, 『자유를 생각한다』, 『가족의 비밀』, 『앙리
카르티에 브레송』, 『정신과 의사의 콩트』, 『앙리 카르티에 브레송과의 대화』 등
이, 지은 책으로 『나를 엿보다』가 있다. 프루스트 소설의 수사학적 면모를 파헤치
는 논문 「프루스트의 알려지지 않은 문채(文彩)」를 프랑스 문학 전문지 《리테라튀
르》에 게재했다. 이후 로렌 대학교에서 심리학 석사 학위를 받고, 프랑스 정부 공
인 심리 전문가 자격증(다문화심리학)을 취득했다.

프루스트그래픽

1판 1쇄 찍음 2022년 10월 7일
1판 1쇄 펴냄 2022년 10월 21일

지은이   니콜라 라고뉴
옮긴이   정재곤
발행인   박근섭, 박상준
펴낸곳   (주)민음사

출판등록 1966. 5. 19. (제 16-490호)
서울특별시 강남구 도산대로1길 62(신사동) 강남출판문화센터 5층 (우편번호 06027)
대표전화 02-515-2000 팩시밀리 02-515-2007
www.minumsa.com

978-89-374-4567-5 03860